발칙한 수학여행

발칙한 수학여행

박현숙 장편 소설

다림

| 작가의 말 |

생각해 보니 내 속에는 꽤나 많은 틀이 있었다. 아주 견고해서 떼어 내기 힘든 그런 틀이었다. 한번 그 틀 안에 넣은 생각은 그대로 딱딱하게 굳어 버려 새로운 모양으로 재탄생시키기 어려운 지경에까지 이른다.

특히 사람을 평가하는 틀은 더욱더 견고했다. 첫인상이나 그 사람의 주변 상황으로 나와 마음이 맞지 않을 것이다, 맞을 것이다, 나에게 피곤만 줄 것이다, 기쁨을 줄 것이다, 나에게 이득이 될 것이다, 손해를 끼칠 것이다 등등 사람을 보는 순간 빠른 평가를 해서 틀 안에 가두었다. 그러다 아차! 싶었던 경험도 꽤 된다. 사람은 오래 사귀어 봐야 내면을 알 수 있다는 상식을 모르는 바도 아니었다. 그런데도 내가 만든 틀을 깨는 거는 쉽지 않았다. 그러다 보니 사람과의 관계에 있어서 후회도 많았다.

그건 중독이었다. 내가 만든 틀은 무조건 옳다고 믿었고, 그 신념에 흠이 생기는 것은 원치 않았으며 받아들이지 않으려고 했다. 그래서 스스로 최면을 걸며 중독을 시키고 있었던 거다. 스스로의 틀에 갇히는 중독은 참으로 무서운 것이다. 찾아오는 기회를 잃게 할 수도 있으며 좀 더 풍성해질 인생을 빈약하게 만들기도 한다.

나는 우리 청소년들에게 그 이야기를 하고 싶어 《발칙한 수학여행》을 썼다. 사실 한번 작품을 쓰기 시작하면 몰입하고 빠른 시간 안에 마침표를 찍는 스타일이다. 하지만 《발칙한 수학여행》은 마침표를 찍는 데 참으로 오래 걸렸다. 초고를 쓰고 나서 그걸 그대로 휴지통에 버리고 난 후 다시 썼다. 내 안의 틀을 깨고자 마음먹었고 깨었다고 생각해서 작품을 시작했지만 금단 현상에 꽤나 시달렸던 모양이다.

누군가 내 마음속으로 걸어 들어오고 싶어 한다면 일단 마음을 열어 놓자. 저런 스타일이 예전에 나한테 이랬었지? 이번에도 뻔할 거야, 이런 속단은 하지 말자. 저런 스타일이 딱 내 스타일이지. 나에게 잘해 줄 거야, 이런 속단도 금물이다. 겪어 보자. 겪어 보며 판단하자. 관계란 노력과 시간이 필요하다.

내 안의 틀을 깨며

박현숙

| 차례 |

발칙한 수학여행에 어서 오세요.

이번에도 뻔할 거야,

이런 속단은 절대 금물!

일단 겪어 보고, 판단하세요.

배신은 나빠

나는 일주일 전, 그날 밤을 잊고 있었다. 좀 더 구체적으로 말하자면 혁주와 관련된 그날 밤 일은 내 기억 속에 없었다. 이유는 오로지 하나였다. 나는 혁주를 그다지 좋아하지 않는다. 아니, 싫어한다고 말하는 편이 더 낫겠다. 싫어하는 아이와 만났던 일을 금세 잊는 거는 당연한 거다.

그날 밤은 하늘이 유난스럽게 내려앉아 있었다. 폭우가 내릴 거라는 기상청 예보는 보기 좋게 빗나갔고, 가끔 빗방울만 스치고 지나갔는데 습도는 엄청나게 높았다.

나는 그날 이모를 만나고 오던 길이었다. 이모는 나이 사십이 넘어 운명적인 사랑을 만났지만(물론 이모 표현이다.) 그 남자와 헤어져 몇 달을 세상과 단절하고 있었다. 좀 더 냉정하게 말하면 헤어졌다기보다는 이모가 일방적으로 차였다.

얼마나 굶었는지 반으로 쪼그라든 이모 얼굴을 볼 때 눈물이 났다. 엄마가 전해 주라는 전복죽을 받아 종이 가방 그대로 냉장고에 넣는 모습에서는 화도 났다. 어쩐지 이모는 냉장고에 들어간 죽을 영영 먹지 않을 거 같았다.

"굶어 죽을 거야?"

나는 매몰차게 물었다.

"나중에 먹을 거야."

"거짓말하지 마. 딱 보니까 안 먹을 거네, 뭐. 그깟 재수 없는 남자 때문에 굶어 죽을 거냐고. 이모 싫다고 뻥 차고 간 놈 뭐가 좋다고 이러고 있어? 이모 바보 아니야?"

놈이라든가 바보라든가 그런 말도 내 감정을 표출하기에는 부족했다. 세상에 떠도는 욕은 다 해 주고 싶었다.

이모는 놀란 듯 나를 바라봤다. 거칠고 마른 입술을 들썩이며 무슨 변명을 하려고 했지만 나는 이모 말을 듣지 않은 채 현관문을 부서져라 닫고 나왔다. 그러고는 현관문에 등을 기댄 채 한참을 서 있었다.

결혼은 물론이고 남자를 사귀는 일조차도 자기 사전에는 없을 거라고 말하던 이모. 혼자 사는 삶이 얼마나 멋진지 보여 주겠다면서 자기만의 성을 확실히 쌓고 그 성을 견고하게 만들던 이모. 그랬던 이모가 어느 날 뭐에 홀린 듯 남자를 만나고, 수렁에 빠진 듯 그 남자에게 빠져들어 결혼까지 약속했다.

외할머니는 인생 수십 년 산 눈으로 봤을 때 완벽한 바람둥이라고 그 남자를 평했다. 엄마는 이모가 만나는 남자가 아빠를 닮았다고 싫어했다. 그런 관상이 남을 배신하는 관상이라고 말이다.

누가 뭐라고 하든 이모는 흔들리지 않았다. 하지만 사랑에 모든 걸 걸었던 이모는 그 남자와 사귄 지 7개월 만에 차였다. 남자는 어느 날 갑자기 전화도, 메일도, 문자도, 그 어떤 연락도 받지 않았다. 그렇게 매몰차게 떠난 남자를 이모는 못 잊고 있는 거다. 나는 그런 이모가 답답하다. 보고 있으면 화가 난다. 자기 살점을 조금씩 조금씩 시간에게 나눠 주며 오래도록 고통스러워하는 거 같아 바보스럽다. 이모가 세상을 차단하고 머리를 싸매고 누워 있는다고 해서 그 남자가 돌아오는 것도 아니다. 설사 돌아온다고 해도 받아 주는 건 결사반대다.

이모는 나에게 특별한 존재다. 엄마가 당당하게 세상과 마주하겠다면서 미혼모의 길을 택했을 때 이모가 가장 많이 반대했다고 한다. 하지만 내가 태어나고 난 뒤에 이모는 엄마의 가장 든든한 지원군이 되었다. 이모는 엄마에게만 지원군이 되어 준 게 아니었다. 엄마에게 태풍과도 같은 흔들림이 찾아올 때 이모는 나를 꼭 안아 바람을 피하게 해 주었다.

내가 일곱 살 때였다. 엄마와 이모는 내가 어렸기 때문에 그날을 기억하지 못할 거라고 여기고 있지만 나에게는 그날의 기억이 너무도 또렷하게 남아 있다. 엄마는 나 때문에 직장을 다닐 수 없어 집에서 하는 일을 찾아서 했다. 보수도 적었다. 그런데 그 적은 보수를 몇 달이나 받지 못했다. 그날은 엄마가 사장을 찾아가 대판 싸우고 온 날이었다. 엄마는 이렇게 힘들게 살 바에야 나와 함께 죽겠다고 했다. 분노에 찬 엄마의 얼굴을 보며 벌벌 떨었던 기억이 아직도 생생

하다. 그때 이모가 엄마를 잡아 주었다.

"언니, 정 힘들면 보라는 내가 키울 테니까 언니는 예전처럼 외국으로 나가 일해. 나는 언니를 믿어. 보라 걱정은 하지 마."

이모는 진지했고 엄마는 자신을 믿는다는 이모 말에 대성통곡했다. 눈물로 마음속에 쌓이고 쌓인 응어리를 몽땅 쏟아 낸 엄마는 다시 살아갈 용기를 얻었다. 그렇게 조금의 망설임도 없이 나를 키워 주겠다고 말하던 이모였다.

이모 집에서 나와 버스 정류장에 도착해서야 전복죽이 들어 있는 종이 가방 안에 교통 카드를 두고 온 걸 알았다. 도로 돌아가기 싫어서 이모에게 카드를 챙겨 놔 달라는 문자를 보낸 다음 세 정류장 거리를 걸었다.

첫 번째 정류장을 지나고 재개발 구역을 지나가는 지름길로 접어들었다. 으슥한 길이어서 평소에는 잘 다니지 않던 길이었다. 하지만 그날은 많이 힘든 탓에 빨리 집에 가고 싶은 마음뿐이었다.

재개발을 앞두고 이주가 끝나 가는 동네는 거의 빈집들이었다. 가로등은 희미했고 공기는 낮게 흐르고 있었다. 무겁고 습한 공기를 헤치며 골목을 들어갔을 때 문득 무섭다는 생각이 들었다. 인터넷을 떠도는 갖가지 사건 사고들이 머릿속에 떠오른 것도 그 순간이었다. 정신이 번쩍 들어 지름길을 포기하고 돌아섰다.

그때 공기를 가르는 신음 소리가 들렸다. 가까운 곳이었다. 신음 소리를 따라 몇 걸음 다가갔을 때 보고 싶지 않은 현장을 목격했다.

미닫이문이 떨어져 나간 가게에서 서너 명이 누군가를 때리고 있었다. 신음 소리가 처절했다. 어쩌면 곧 죽을지도 모른다는 생각이 들었다.

'경찰에 신고해야 하나?'

하지만 목소리를 낸다는 것은 위험하다는 판단이 들었다. 황급히 뒤돌아섰을 때 맞은편 골목으로 누군가 걸어오고 있었다. 어두워서 얼굴이 보이지는 않았다.

"앞으로 조심해. 눈앞에 얼쩡거리다가는 가만 안 둬, 새끼야."

가게에서 무리들이 나왔다. 가로등 불빛에 비친 모습은 중학생이나 고등학생 같았다. 걸어오던 사람과 무리들이 마주쳤다. 무리 중에 한 명이 그 사람의 어깨에 손을 올렸다. 그러고는 뭐라고 하는 거 같은데 잘 들리지 않았다. 느낌으로 둘이 아는 사이 같았다.

무리들이 골목을 꺾어 사라지고 그 사람이 이쪽으로 걸어왔다. 뒤돌아서서 뛰고 싶은데 발이 땅에 붙은 듯 떨어지지 않았다. 그 사람이 다가왔다. 그 사람의 얼굴을 힐끗 보는 순간 깜짝 놀랐다. 혁주였다.

나와 혁주는 몇 초 정도 서로 마주 보고 서 있었다. 그때 또다시 가게에서 신음 소리가 처절하게 들려왔다.

"많이 맞은 거 같아."

나는 혁주에게 먼저 말을 걸었다.

"조금 전 걔네들이 때린 거야?"

"응. 신고해야겠지? 근데 119에 해야 되는 거야, 아님 112에 해야 되는 거야?"

잠시 무슨 생각을 하는 듯하던 혁주는 "일단 병원에 가는 게 급하니까……." 하고 중얼거리며 119에 신고했다. 혁주가 막 신고를 마치고 전화를 끊는데 골목 끝에서 웅성거리는 소리와 함께 몇몇 사람들이 나타났다.

"그 애들인가 봐."

나와 혁주는 정신없이 뛰어 골목을 빠져나왔다.

한참을 달려 환한 불빛과 낯익은 공기와 마주했을 때 우리는 다리에 힘이 빠져 한동안 제자리에 쪼그려 앉아 있었다. 정신을 차렸을 때 혁주는 없었다. 얼마 후 구급차가 사이렌 소리를 울리며 그 골목으로 들어갔다.

그러고 나서 나는 그 일을 잊고 있었다. 그런데 오늘 담임이 나를 부른 것이다.

"지금부터 네가 하는 모든 말은 철저히 비밀에 부쳐진다. 쉽게 말해 너는 보호받을 수 있다는 말이지. 혁주가 너를 봤다고 하던데 사실이니?"

담임이 앞뒤 말은 다 잘라먹고 물었다.

"혁주요? 같은 반인데 당연히 매일 보죠."

"학교에서 보는 거 말고 말이야. 일주일 전, 그러니까 9월 17일 화요일, 밤 열 시쯤 혁주를 봤느냐는 말이지."

"일주일 전이요?"

"그래, 일주일 전. 9월 17일 화요일. 네 기억을 끄집어내는 데 좀 더 도움을 주자면, 그날 동아리 모임이 있었지. 여자 축구 동아리 팀과 남자 축구 동아리 팀이 시합을 한 날이었고 운동장이 꽤 떠들썩했으니 기억할 거다."

'축구 시합이 있든 어쨌든 어제도 아니고 그제도 아니고 일주일 전, 밤 열 시 일을 어떻게 기억한담…….' 하고 생각하는 순간, 재개발 구역에서 혁주를 본 일이 떠올랐다.

"그런데 왜요?"

비밀이니 보호니 하는 걸 보면 뭔가 심상치 않은 일이 발생했다는 냄새가 난다. 이럴 때는 납죽 대답하지 않는 편이 현명하다.

"봤니?"

"왜 그러시냐고요? 자세히 말씀을 해 주셔야 제가 집중해서 그날을 기억해 보죠. 저는 축구에는 별 관심이 없어서 축구 동아리 대회가 있었는지 어쨌는지는 잘 모르겠고요, 제가 꼭 기억해야 하는 일이라면 최선을 다해 기억해 볼게요."

"참 나 원. 대단히 편하게 사는구나. 생각하기 싫은 거는 생각하지 않고 필요한 것만 생각하다니. 좋다, 사실대로 말하마. 학폭 사건 때문이다. 혁주가 학폭 가해자로 몰리고 있다. 피해를 입은 아이는 한포중학교 2학년, 가해자들 셋은 한포중학교 3학년인데 혁주도 가담했다고 말하고 있어. 혁주는 아니라고 하는데, 셋의 말을 반박할 증거가 없어. 심증으로는 분명 혁주는 아닌 거 같은데."

모든 일이 한 번에 이해가 되었다. 그날 가해자들 중에 한 명과 혁주는 잘 아는 사이로 보였다. 그 아이가 혁주를 끌어들인 거다.

"일주일 전이면 너무 오래되어서요. 기억이 잘 안 나는데요."

어떤 사건이든 증인은 피곤하다. 특히 학폭 사건의 증인은 잘못하다가는 2차 피해자가 될 가능성이 많다. 지금은 전학 간 호영이가 그랬다. 호영이는 학폭 사건에 증인이 되었다가 나중에 학폭의 피해자가 되고 말았다. 견디다 못한 호영이는 전학을 갔다.

싫어하는 혁주를 위해 위험을 무릅쓰고 나서고 싶지 않았다.

"잘 생각해 봐. 재개발 구역이야."

"잘 모르겠어요."

"정말 기억 안 나?"

"예."

"으음, 그렇구나. 혁주가 너를 봤다고, 너는 모든 걸 다 알고 있을 거라고 해서 부른 거야. 네가 신고해야 하는 거 아니냐고 해서 혁주가 119에 신고도 했다고 하던데 아니었니?"

"저는 모르겠어요. 그런데 선생님, 119에 신고를 했으니까 가해자가 아닌 거 증명된 거 아닌가요? 가해자가 신고하는 거는 이치에 맞지 않잖아요?"

이 정도 편들어 주는 거는 괜찮을 거 같았다.

"가해자들 말로는 패 놓고 나서 맞은 애가 숨도 못 쉬는 거 같으니까 혁주가 119에 신고한 거라고 하던데. 혁주가 너를 만나지 않았으면서 만났다고 거짓말을 한 건가? 그런데 왜 하필 너야? 너와 혁주는 평소에 그다지 친한 관계도 아니잖아?"

"밤이니까 사람을 잘못 봤을 수도 있겠죠. 아무튼 저는 혁주를 만난 적이 없어요."

나는 잘라 말하고 상담실에서 나왔다.

권혁주! 자기 알리바이를 증명해 줄 사람으로 나를 지목했나 본데 사람 잘못 봤다. 나는 배신하는 사람을 제일 싫어한다. 무슨 일이 있어도 배신자의 편을 들어 주고 싶은 생각은 없다.

혁주와 나는 같은 초등학교를 졸업했다. 혁주는 5학년 때 전학을 왔는데 학폭을 피해 전학 왔다는 소문이 자자했다. 그런 소문 때문인지, 아니면 원래 조용한 아이여서 그런지 혁주는 늘 혼자였다. 남자아이들은 툭하면 축구를 했는데 혁주는 단 한 번도 거기에 끼어 본 적이 없었다. 중학교에 와서도 혁주의 생활에는 변함이 없었다. 혼자 학교에 오고 혼자 밥을 먹고 혼자 집에 돌아갔다.

중학교는 초등학교와는 좀 달랐다. 아이들은 혁주를 그냥 두지 않으려고 했다. 공연히 건들고 시비도 걸었다. 관심 없는 내가 보기에도 혁주는 꽤 힘들어했다.

그러던 어느 날, 좀 논다는 두호가 혁주에게 손을 내밀어 주었다. 두호가 내민 손을 잡은 혁주는 더 이상 혼자가 아니었다. 학교에 올 때도, 밥을 먹을 때도 그리고 학교에서도 항상 두호와 함께였다. 모두들 두호가 혁주를 셔틀로 이용해 먹기 위해 그런 거라고 믿었었다. 하지만 그 생각은 틀렸다. 두호는 혁주와 함께하면서도 혁주를 괴롭히지 않았고 셔틀로 이용해 먹지도 않았다. 도리어 혁주가 곤란한 일을 당하면 바람막이가 되어 주었다. 혁주는 조금씩 웃게 되었고 목소리도 커졌다. 누가 봐도 두호는 혁주의 은인이었다. 그런데 그런 은인을 혁주가 배신했다.

두호는 소하와 사귀고 있었는데 혁주 때문에 헤어졌다. 혁주와 소하가 어울려 다니다가 두호에게 딱 걸린 거다. 피자 가게에서 한 번, 아이스크림 가게에서 한 번. 두 번이나 두호에게 들켰다.

두호와 소하가 워낙 요란스럽게 사귀는 사이여서 혁주와 소하의 사건은 한동안 톱뉴스였다. 소하는 뜻하지 않게 가십거리의 주인공이 되어 버리자 견디다 못해 전학을 갔고 두호와 혁주는 절교를 했다. 아이들은 혁주의 미래는 뻔하다고 했다. 두호가 가만있지 않을 거니까 말이다. 하지만 놀랍게도 두호는 혁주를 괴롭히지 않았다. 혁주를 바라보는 두호 표정은 무덤덤했다. 아이들은 이상하다고 했지만 나는 두호 마음을 알 수 있을 거 같았다.

'원래 마음의 상처가 클수록 겉으로는 더 아무렇지 않은 척하는 거야.'

씩씩한 척하는 것이 자존심을 지키는 길이라고 생각하는 거다. 두호는 자존심을 지키기 위해 끓어오르는 분노를 참아 냈을 거다.

두호는 두 달 전 전학을 갔다. 소하처럼 견디지 못해서가 아니라 두호 아빠 직장이 지방으로 옮겨 갔다고 했다.

나는 두호가 전학 가던 날을 기억한다. 햇살이 무지하게 좋은 날이었다. 두호 등 뒤에서 쏟아져 내리던 햇빛이 찬란해서였을까. 운동장을 가로질러 가는 두호의 뒷모습이 쓸쓸해 보였다. 좋아하지도 않았고, 관심도 없었던 두호의 뒷모습이 오래오래 기억에 남아 있는 것은 두호가 가장 친하다고 생각했던 혁주에게서 배신을 당한 탓일 수도 있다.

연애든 우정이든 배신은 나쁜 거다. 외할아버지와 아빠 그리고 이모가 사귀었던 그 남자의 배신. 그로 인해 남은 사람들은 아직도 힘들고 아프다. 나는 그래서 혁주가 싫다.

아슬도가 왜?

"왜요, 또?"

나는 상담실에 들어서자마자 짜증부터 부렸다. 담임이 초콜릿 하나를 불쑥 내밀었다.

"이거 먹으면 마음이 진정될 거다. 성질부터 부리지 말고 내 말 좀 들어 봐. 혁주는 진실을 말하고 있는 거 같은데 증거나 증인이 없단 말이야. 사람 하나 살리자. 3학년인데 억울하게 생기부에 학폭 가해자로 올라가게 할 수는 없지 않냐? 그리고 말이다. 수학여행 가기 전에 이 일 좀 말끔하게 해결하고 가자."

"선생님. 선생님은 왜 제가 거짓말을 하고 있다고 생각하세요? 선생님은 혁주만 믿고 저는 못 믿으시는 거예요? 그리고요, 억지로 증인이 되라고 협박하시는 거는 분명 법에도 저촉되는 거예요. 사회 선생님이 그것도 모르세요?"

나는 초콜릿을 탁자 위에 올려놓고 찬바람을 일으키며 상담실에서 나왔다. 야, 내가 언제 협박을 했냐? 말도 안 되는 소리 하지 마라, 어쩌고저쩌고 담임이 말했지만 뒤돌아보지 않았다.

교실은 텅 비어 있었다. 은우도 없었다. 은우는 수업을 마치면 빨리 옷을 사고 학원에 가야 한다고 아침부터 수없이 말했다. 담임 호출에 상담실에 갈 때도 조금 기다리다 안 오면 먼저 가겠다는 말을 했었다. 그래도 진짜 혼자 갈 줄은 몰랐다.

은우는 수학여행 때 입고 갈 옷을 사러 가야 한다고 했다. 터미널 부근에 있는 큰 쇼핑몰에서 파격 세일을 하는데 오늘이 세일 기간 마지막 날이다.

'혁주 때문에 옷 구경도 못 갔네.'

사실 나도 가서 보고 마음에 드는 적당한 가격의 옷이 있으면 한 벌 사야겠다는 마음도 있었다.

'지금이라도 가 볼까?'

시간상으로 따져 봤을 때 은우가 쇼핑몰에 도착해 마음에 드는 옷을 고르자면 꽤 많은 시간이 걸릴 거고 은우가 옷 구경을 하고 있는 동안에 재빨리 가면 될 거 같았다. 그 말을 하려고 은우에게 전화를 걸었지만 받지 않았다. 옷 구경에 정신이 팔려 있는 게 분명했다. 마음이 급해졌다.

나는 터미널로 가는 지름길을 향해 뛰었다. 가을장마니 뭐니 해서 며칠 동안 시도 때도 없이 내린 비 탓에 시장 뒤를 휘돌아 나가는 지름길은 물이 제대로 빠지지 않아 질퍽거렸다. 달리다 몇 번이나 미끄러져 넘어질 뻔했다. 겨우 질퍽거리는 길을 벗어나 한시름 놓을 때 뭔가 물컹하니 밟혔다. 그걸 피하려다 중심을 잃고 뒤로 벌러덩 자

빠졌다. 정신이 혼미해질 정도로 엉덩이가 아팠다.

'아, 쪽팔려.'

엉덩이를 부여잡고 주변을 두리번거리는데 저만큼에서 웬 남자가 담배를 피며 이쪽을 바라보고 서 있었다. 보기에도 민망한 쫙 달라붙는 트레이닝 바지에 한쪽 손은 바지 주머니에 찔러 넣고 한쪽 다리를 건들거리며 쳐다보는 남자를 보자 정신이 번쩍 들었다. 나는 아무렇지도 않은 듯 일어나 재빨리 터미널 가는 방향과는 반대편으로 조금도 흐트러짐 없이 꼿꼿하게 걸었다.

"아, 나 죽는다."

길모퉁이를 돌아서자 엉덩이뼈가 으스러질 듯한 통증이 밀려왔다. 허리 쪽도 뻐근한 걸 보면 척추에 문제가 생긴 거 같기도 했다. 건물 벽을 붙잡고 허어, 허어, 긴 숨을 토해 냈다. 저 깊은 곳에 있는 숨을 한껏 토해 내자 통증은 좀 사그라드는 거 같았다. 한참을 그러고 난 뒤에 허리를 폈다. 약간 묵직한 기운이 남아 있기는 했지만 뼈에는 문제가 없는 거 같았다.

"아, 뭐야. 재수 없게 왜 그런 눈으로 쳐다봐? 뭐 어쩌라고. 그리고 변태야? 옷은 그게 또 뭐야? 차라리 스타킹을 신고 다니지."

뒤늦게 분한 마음이 일었다. 물티슈로 치마에 묻은 흙을 털어 내고 운동화도 닦았다.

은우에게 다시 전화를 했지만 여전히 받지 않았다. 쇼핑몰에 가는 거를 포기할 때 그제야 은우에게 전화가 왔다. 이미 옷을 사고 집으로 돌아가려고 한다는 말에 화가 나서 견딜 수가 없었다. 나는 은우에게 짜증을 퍼부어 댔다. 조금 기다렸다가 같이 가면 될 텐데 왜 혼자 갔느냐고 말이다. 우리의 우정이 몇 분도 못 기다리는 그 정도밖에 되지 않느냐고, 버럭버럭 소리를 질러 댔다. 넘어졌던 화풀이까지 모두 은우에게 쏟아부었다. 나도 옷을 사려고 했다는 말에 은우는 몰랐다면서 미안해했다.

"학원에 늦으면 안 될 거 같아서 그랬어. 그리고 옷 산다고 말할 때마다 보라 너는 시큰둥했잖아. 그래서 별 관심 없는 줄 알았지."

시큰둥하기는 누가? 그럼 얼굴 마주칠 때마다 옷 사러 같이 가자, 옷 사러 같이 가자, 이러고 노래를 부르며 춤이라도 춰야 시큰둥한 게 아닌 건가?

"보라 너는 새 옷 사지 않아도 예쁜 옷 많잖아."

예쁜 옷이라는 말이 나를 더 화나게 했다. 예쁜 옷은 개뿔. 예쁜 옷은커녕 입을 만한 옷이라고는 눈을 씻고 찾아봐도 없다. 그러니까 옷에는 관심도 없는 내가 옷을 사려고 마음먹었던 거다. 얘가 대체 나에게 관심이 있는 거야, 없는 거야.

"화 좀 그만 내. 마음이 급해서 그랬어."

"좀 기다리지 그랬느냐고."

"나는 보라 네가 옷을 안 사도 되는 줄 알았다니까."

"그러는 너는 꼭 새 옷을 사야 할 이유가 있어? 너도 옷 많잖아?"

"그건……."

은우와 내 입안에 도돌이표가 있는 듯 말이 또 한 바퀴 돌아 제자리로 왔다.

"왜? 왜 꼭 새 옷을 사야 하는데? 너야말로 옷 많잖아."

수학여행에 입던 옷을 입고 간다고 해서 큰일이 나는 건 아니다. 수학여행이라고 해서 꼭 새 옷을 입고 가야 한다는 법도 없다. 따지고 보면 특별한 날이라고 새 옷을 사고 새 신발을 사야 한다는 생각은 촌스럽기도 하다.

"뭐 예쁘게 보일 아이라도 있어? 이유가 있느냐고?"

"사실은……."

은우가 무슨 말인가 할 듯 말 듯 망설였다. 공연히 꼬투리 잡으며 화를 낸 거였는데 은우 반응이 좀 이상했다. 뭐야. 진짜 예쁘게 보이고 싶은 아이가 있는 거야?

"아니야, 나중에 말할게. 아무튼 미안해."

은우 목소리에 뭔가 비밀이 들어 있었다.

나는 은우 목소리만 들어도 안다. 평소에 은우 목소리는 햇사과를 씹을 때처럼 아삭아삭 소리가 난다. 슬플 때는 양배추를 씹을 때와 같은 소리가 난다. 아삭거리는 소리의 강도가 약해진다. 그리고 뭔가 곤란한 일이 있다든가 비밀 같은 게 있으면 목소리가 완전히 달라진다. 마른 나뭇잎이 바스러질 때 나는 소리가 난다. 지금 은우 목소리가 그렇다. 말이 길든 짧든 나는 그걸 단박에 알아챌 수 있다.

"나중은 무슨 나중이야? 지금 말해."

"보라야. 나는 너한테 비밀 같은 거 만들고 싶지 않아. 알지?"

"알지."

나와 은우는 친해질 때 약속했다. 아주 작은 일이라도 서로 공유

하고 비밀 같은 거 만들지 않기로 말이다.

"사실은 그거……."

은우가 계속 망설였다.

"그거 있잖아."

"그게 뭔데?"

"아슬도 말이야."

"아슬도가 왜?"

아슬도는 우리 반이 이번 수학여행 때 가기로 한 섬이다. 예전에는 육지였다가 어느 순간 육지에서 떨어져 나간 섬인데, 육지와 아슬아슬하게 떨어져 있다고 해서 아슬도라고 불린다고 했다.

"그게 말이야……. 아슬도가 사랑도라고 불리잖아."

메마른 나뭇잎처럼 바스락거리던 목소리가 부서져서 폴폴 날리는 느낌이었다. 사랑도라는 말을 할 때 더 그랬다.

"그런데 그게 왜?"

순간 불안감이 파도처럼 밀려들었다. 은우가 설마……. 아니다, 그럴 리가 없다. 나는 고개를 저었다.

은우와 나는 생각이 같다. 2학년 때 은우와 짝이 되었는데 은우도 누군가에게 배신을 당하는 걸 가장 두려워하는 아이인 것을 알았다. 은우는 초등학교 때 단짝이었던 아이에게 배신을 당했다. 은우는 그 아이를 철석같이 믿었고 세상에 둘도 없는 친구라고 여겼는데 그 아이가 어느 날부터인가 다른 아이들과 어울리며 은우를 왕따시켰다고 했다. 은우에게 그 말을 들을 때 은우의 마음이 어땠을까 상상하자 콧날이 시큰해졌었다.

은우가 나에게 비밀을 다 털어놓던 날, 나도 은우에게 우리 집안의 비밀을 털어놨다. 그리고 내 사전에 결혼 같은 것도 없으며 남자를 사귈 일도 없다는 말을 했다. 은우는 손뼉까지 치며 내 말에 맞장구쳐 주었다. 그때 나는 놀라운 사실을 알게 되었다. 은우 역시 나와 생각이 같았던 거다. 은우는 성악가를 꿈꾸고 있는데 자신의 꿈을 완벽하게 이루기 위해 혼자만의 삶을 꿈꾸고 있다고 했다.

"그럼 우리 둘 다 남자 친구는 사귀지 않는 걸로!"

은우는 웃으며 새끼손가락을 내밀었고 나는 진지하게 은우 손가락에 내 손가락을 걸었었다. 그렇게 중요한 약속을 하며 은우가 웃는 게 솔직히 마음에 들지는 않았지만 나는 은우를 믿었다. 그리고 지금도 믿고 있다. 그런 은우가 아슬도가 사랑도라고 불리는 이유에 대해 혹할 리 없다.

아슬도는 정식 이름인 아슬도보다 사랑도라는 이름으로 더 유명하다. 연인들이 그 섬에 가면 사랑이 이루어진다는 말이 있어, 에스엔에스에서 사랑도는 연인들에게 최고의 성지 같은 곳이 되었다. 다툰 연인들도 그곳에 가면 도로 친해진단다.

게다가 얼마 전 연예인과 일반인의 연애를 다룬 한 예능 프로그램에서 출연진들이 그 섬에 다녀오고 난 후 섬은 더 핫해졌다. 주말이면 아슬도로 향하는 연인들로 여객선 터미널이 그야말로 북새통을 이뤄 배표를 구하기가 하늘의 별 따기라고 했다.

그런 아슬도를 누가 최초로 수학여행 후보지에 올렸는지는 기억

나지 않지만, 그 의견이 나오자마자 그야말로 폭발적인 호응을 얻었다. 그리고 설문 조사 결과 압도적으로 3학년 3반의 수학여행지로 결정되었다. 연애와 직접적인 관련이 없더라도 인기 프로그램에 나왔던 장소에 직접 가 본다는 것은 설레는 일이다.

"수학여행지를 자율적으로 정하라고 한 것은 좀 더 유익하고 안전한 수학여행이 되기 위해서예요. 그리고 수학여행지는 이래야 한다라는 고정 관념에서 벗어나는 것도 중요하다는 생각에서였지요. 하지만 아무리 그래도 그렇지, 학생이 왜 사랑을 이룰 수 있다는 섬으로 수학여행을 가나요? 학업에 큰 뜻을 이루는 곳이라고 해도 섬이라고 하면 아무래도 위험해서 두 번 세 번 고민하고 또 고민할 판에 사랑이라니. 그런 발칙한 생각으로 수학여행을 갈 생각일랑 아예 접어 두세요."

교장 선생님은 설문 조사 결과를 받아들일 수 없다고 했다.

"수학여행을 반별로 가기로 결정하고 나서 수학여행지도 학생과 학부모 설문 조사를 통해 정하라고 교장 선생님이 분명 말씀하셨잖아요. 그래 놓고 이제 와서 왜 그러세요? 그리고 아슬도도 알고 보면 배울 것이 많은 곳이라고요."

아이들은 들고일어났다. 아슬도가 사랑을 이루게 해 준다고 해서 사랑도로 불리는 것도 사실이지만 육지나 다른 섬에서는 볼 수 없는 나무와 풀 그리고 꽃과 새, 천연기념물이 수두룩해 학업의 연장선에서 탁월한 장소라면서 말이다.

하지만 교장 선생님은 아랑곳하지 않고 2차 설문 조사를 한 번 더 하겠다고 했다. 설문지 맨 위에 섬이 수학여행지로 위험한 이유에 대해 설명하는 치사함을 보이기도 했다. 말이 좋아 설문 조사지, 섬은 위험하니 학부모님들께서 알아서 아이들을 말리라는 취지의 안내문이었다.

말리면 더 하고 싶은 것이 중3들의 심각한 병이다. 아이들은 은밀하고 긴박하게 엄마 아빠 들을 회유했다. 이번에 수학여행 다녀오고 나면 시험을 기가 막히게 잘 보겠다, 한 번만 믿어 달라. 그야말로 목숨을 걸고 사랑도에 매달렸다.

수학여행을 다녀와서 미친 듯이 공부하겠다는 아들딸들의 그 말이 영 믿기지는 않지만 그래도 믿고 싶은 것이 엄마 아빠 마음이었다. 2차 설문 조사에서도 아슬도가 과반수 넘는 찬성을 얻었다.

교장 선생님은 뭐든 삼세판이라는 말도 안 되는 이유를 내걸며 3차 설문 조사를 했다. 섬보다 훨씬 환경이 좋은 수학여행지, 그러니까 수십 년에 걸쳐 수학여행지 1위의 자리를 굳건히 지키며 너도나도 다 가는 그런 수학여행지 쪽으로 슬쩍 유도하는 것도 잊지 않았다. 하지만 3차 설문 조사에서도 아슬도가 압도적인 지지를 받았다. 민주주의 국가에서 민주적인 방법으로, 그것도 세 번씩이나 결정 난 결과에 교장 선생님도 결국 승복할 수밖에 없었다.

아슬도가 수학여행지로 결정되고 나자 아이들은 설렘과 기대로 둥둥 떠 있는 고무풍선들 같았다. 하지만 나는 애초부터 사랑도에는 관심도 없었고 은우도 나와 생각이 같다고 믿었다. 그런데 은우가 갑자기 악착같이 새 옷을 사는 것도 모자라 사랑도니 뭐니 그런 말을 하다니.

사랑도가 너하고 무슨 상관이냐고 물어보려는 순간 은우는 엄마한테 전화 왔다면서 전화를 끊었다.

나는 한참 동안 휴대폰을 멍하니 바라봤다. 요즘 은우의 말과 행동을 떠올렸다. 별로 달라진 거는 없다. 누구를 사귀거나 좋아한다면 내가 모를 리 없다. 오늘 목소리가 변한 거는 그냥 컨디션 탓으로 돌리자고 마음먹었다. 그리고 옷을 꼭 사야 하는 다른 이유가 있을 거라고 생각하기로 했다. 특별한 날에는 새 옷을 입어야 한다! 유치하기는 하지만, 내 친구 은우가 나를 기다리지 못할 정도로 그런 유치한 일에 흠뻑 빠졌다는 것이 약간은 화가 나기는 하지만 그렇게 생각하고 이해하기로 했다.

어차피 나도 옷을 사기로 마음먹은 거 혼자라도 쇼핑몰에 가 볼까 생각하다가 곧 고개를 저었다. 이미 김빠진 콜라처럼 들뜬 마음은 다 사라지고 없었다.

'집에나 가자.'

마음을 고쳐먹고 다시 시장 길로 들어섰다. 아까 급했을 때는 보이지 않았던 시장의 뒷골목이 눈에 들어왔다. 88서울올림픽 때 문을 열어서 88시장으로 불리는 이곳은 대부분의 가게가 문을 닫은 상태였다. 한때는 외지에서도 사람들이 찾아오던 재래시장. 하지만 대형 마트에 밀려 많은 가게가 문을 닫았고, 인터넷으로 물건을 사는 사람이 늘어나면서 남은 가게들도 점차 문을 닫기 시작했다는 말을 할머니한테서 들었다.

한때 이 동네를 주름잡았던 '통째로 통닭집'도 간판만 남아 있을 뿐이었다. 내가 유치원 다닐 때 통째로 통닭집 치킨은 기본적으로 한 시간 이상 줄을 서야 살 수 있었다. 통째로 통닭집 치킨을 사 달라고 하루 이상 울며 떼를 쓴 적도 있었는데, 텅 빈 채 덩그러니 간판만 달고 있는 가게를 보자 공연히 쓸쓸한 마음이 들었다. 나는 골목에서 몇 미터 정도 안으로 들어가 있는 통째로 통닭집 쪽으로 걸어가다 놀라서 뒷걸음질 쳤다.

통째로 통닭집 맞은편에 있는 빈 가게에 혁주가 웬 아이와 마주 보고 서 있었다. 혁주는 고개를 숙이고 서 있었고 혁주 앞에 선 아이는 계속 혁주 머리를 쥐어박다가 한 번씩 정강이를 걷어차기도 했다. 나는 건물 옆으로 몸을 숨긴 다음 숨을 죽이고 그 모습을 지켜봤다.

"야, 새끼야. 그냥 같이 때렸다고 말해. 뭘 빠져나가지 못해서 난리냐? 원래 무거운 거는 하나보다는 둘이, 둘보다는 셋, 셋보다는 넷이 들어야 가벼운 거잖아. 네가 두호한테 한 걸 생각하면 이 정도는 아무것도 아닌 거 아니냐? 내가 너 한번 손보다가 두호한테 존나 얻어맞았었잖아. 두호가 너를 얼마나 생각했었는데 그렇게 배신하냐? 나는 두호한테 얻어맞았어도 두호를 싫어하지 않는데 말이다. 두호 그 자식, 되게 마음 약하고 인간적인 놈이었거든. 자기가 때려 놓고 못내 마음에 걸렸는지 코피 닦아 주고 간식도 사 주는 놈이었어. 하지만 나는 달라. 내 말 듣지 않으면 무사하지 못할 거다. 정 싫으면 나랑 얼굴 마주치지 않게 학교를 그만두든가. 아, 그래. 그거참 좋은 아이디어다. 학교 그만둬라, 알았냐?"

혁주 앞에 선 아이가 말했다. 그날 재개발 구역에 있던 아이가 분명했다. 혁주는 고개를 숙이고 있을 뿐 대답하지 않았다.

한참 후 그 아이는 혁주 턱에 주먹을 날린 다음 돌아섰다. 나는 재빨리 담에 붙어 섰다. 얼마 후 그곳을 다시 봤을 때 혁주만 남아 있었다.

혁주와 눈이 마주쳤다. 혁주는 잠시 흠칫 놀라는 듯하더니 아무 말도 하지 않고 돌아섰다. 그러고는 질퍽거리는 길을 철퍼덕철퍼덕 걸어갔다. 가방은 바닥에 내팽개친 채였다.

"야."

나는 혁주를 불러 세웠다. 그러고는 턱으로 가방을 가리켰다. 물끄러미 가방을 바라보던 혁주는 터벅터벅 골목을 걸어갔다. 다시 한 번 혁주를 불러 가방을 가지고 가라고 했지만 혁주는 그냥 가 버렸다. 빈 가게에 가방만이 덩그러니 놓여 있었다.

가방 때문에

“그래, 고맙다. 네가 이렇게 할 줄 알았다.”

담임은 반색을 하며 나를 반겼다.

“제가 이렇게 할 줄 아셨다고요? 그걸 어떻게 아세요? 뻥 좀 그만 치세요. 선생님은 학생들을 상대로 뻥치는 게 좋으세요?”

나는 담임이 너무 반갑게 맞아 주는 것이 마음에 들지 않았다. 이렇게 할 줄 알았다는 말은 더 싫었다. 선생님이 뭔데 내 마음을 미리 들여다본다는 말인지.

“하하하하하. 교사 생활 이십 년이 넘으니 어떤 일에는 무당 빰칠 정도로 앞을 내다보는 능력이 생겼지. 야, 말이 나왔으니 말인데 무당 중에 엉터리도 많아. 내가 아주 많이 속아 봤거든. 말도 마라, 한때는 엄청 답답한 일이 있어서 자주 무당을 찾아갔던 적이 있었어. 돈도 무지하게 가져다 바쳤지. 아, 내가 지금 뭔 말을 하고 있냐. 이런, 이런. 이건 선생이 학생한테 할 말이 아니니까 더 이상 하지 않고 패스. 보라 너 때문에 내가 이런 말까지 하게 됐잖아.”

본인이 무당이라는 말을 먼저 꺼내고 신나게 무당과 얽힌 말을 해 놓고서는 끝에 가서 내 탓을 했다.

"자, 일단 이거 먹어라. 단 게 들어가면 마음이 편해지거든."

담임이 막대 사탕 하나를 내밀었다.

"선생님. 궁금한 게 있는데요. 선생님은 결혼도 안 하셨고 아들딸도 없는 분이 왜 맨날 이런 거 가지고 다니세요? 선생님이 드시려고 그러는 거는 아니잖아요? 저는 단 한 번도 선생님이 사탕이나 초콜릿 드시는 걸 본 적이 없거든요."

"오호, 관찰력이 상당히 좋은데? 이건 너희들 주려고 가지고 오는 거지. 너희들을 향한 내 마음이라고 보면 정확해."

담임이 어깨를 우쭐 올렸다.

"선생님. 저희 중학생이에요. 그것도 3학년요."

막대 사탕이나 초콜릿에 환호하는 것은 초딩들이나 하는 짓이다.

"혹시 저희들 몰래 결혼하셔서 아들이나 딸 있는 거 아니세요? 아들딸 주려고 샀다가 먹기 싫다고 하니까 학교에 가지고 오시는 거 아닌가요?"

"얘가, 얘가 지금 무슨 소릴 하는 거야? 내가 왜 아무도 모르게 도둑 결혼을 해? 큰일 날 소릴 하고 있네."

담임은 펄쩍 뛰었다. 멀쩡한 사람 혼삿길 막히게 할 일 있느냐고 말이다. 담임의 꿈은 많은 사람들의 축복을 받으며 결혼을 하고 아이를 낳는 거라고 했다. 오십이 다 되도록 그 꿈을 이루지 못했지만 단 한 번도 결혼을 하지 않겠다는 생각을 해 본 적이 없다고 했다. 단지 아직 결혼할 때가 오지 않아 혼자일 뿐이라고, 언젠가는 꼭 할 거라고 했다. 그러니 그런 소리는 함부로 하는 게 아니라고 했다.

“그래서 선생님도 사실 이번 수학여행이 살짝 설레기는 한다. 사랑도의 기운이 그동안 있었던 몇 번의 실연의 상처를 싹 씻어 주고 나에게도 뭔가 새로운 사랑을 줄 거라는 막연한 기대랄까?”

담임이 피식 웃었다.

실연이라는 말이 귀에 꽂혔다.

“선생님. 좋아하던 사람에게 배신당하셨군요?”

나도 모르게 말했다.

“응? 배신은 무슨.”

담임이 또 펄쩍 뛰었다.

“사람이 사귀다 보면 서로 맞지 않는 게 있어서 헤어질 수도 있는 거지. 너도 나중에 직접 경험해 보면 알아. 사람의 마음은 하도 복잡해서 색깔로 표현하려고 해도 빨간색이다, 노란색이다, 파란색이다, 이러고 딱 집어 말하기 힘든 거거든. 나와 도무지 맞출 수 없는 색깔인지는 만나 봐야 알아. 헤어질 수도 있다는 말이지. 그건 배신하고는 달라. 자자, 이런 얘기는 그만하고 이제 말해 보렴.”

서둘러 말을 마무리하려고 하는 걸 보면 분명히 담임은 배신당한 거다.

“그 전에 잠깐! 네 목소리를 녹음해도 되겠니? 물론 네 목소리 그대로는 절대 어디에도 내놓지 않을 거야. 약속할 수 있다. 녹음해도 되겠지?”

"약속을 지켜 주신다면 가능해요."

"내 이름을 걸고 약속하마. 나, 믿지?"

"뭐, 그런 점에 있어서는 믿죠."

믿으니까 새벽에 전화를 해서 아침 일찍 담임을 만난 거다.

나는 그날 밤 있었던 일을 자세히 말했다. 담임은 가끔 나지막하게 한숨을 내쉬며 내 이야기를 들었다.

"오늘 혁주가 학교에 오지 않을 수도 있어요. 영원히 학교를 때려치울 수도 있을 거 같고요."

나는 어제 시장에서 본 일도 말했다. 담임은 당장 혁주에게 전화를 했다.

"억울하면 악을 쓰고 억울함을 풀어야지 학생 놈이 가방을 버리고 다녀? 내가 이십 년 넘게 교사 생활하면서 가방 버리고 다니는 놈 치고 잘되는 놈 못 봤다. 어떤 상황에서도 학생은 가방을 끌어안고 다녀야 하는 거야. 당장 가방 찾아서 학교로 뛰어와! 네 억울함은 풀렸어."

담임은 전화기에 대고 고래고래 소리쳤다.

상담실에서 나오는데 복도에 아침 햇살이 길게 들어찼다. 창가에서서 파랗고 높은 하늘을 바라봤다.

"연보라, 쓸데없이 남의 걱정을 한 거지만 그래도 잘했어."

나는 내 스스로에게 속삭였다.

내가 마음을 고쳐먹은 거는 순전히 혁주 가방 때문이었다. 빈 가게에 남아 있던 가방!

나는 혁주가 영원히 가방을 내팽개치면 어쩌나 그런 걱정을 했다. 전혀 생각하지 못했던 걱정이었다. 혁주가 가방을 내팽개치거나 말거나 나하고 뭔 상관이냐고, 배신이나 하는 나쁜 놈은 모른 체하라고 밤새 스스로에게 말했다. 하지만 새벽이 올 때까지 나는 잠을 잘 수가 없었다. 이 일로 혁주가 영원히 가방을 찾지 않으면 어쩌나, 혁주가 학교를 그만두면 어쩌나 불안했다. 그 불안함은 스산한 바람이 되어 밤새 내 마음을 쓸고 다녔다. 춥고 떨렸다.

혁주는 싫지만 그래서는 안 될 거 같았다. 만약 내 상상처럼 혁주가 학교를 그만두게 되면 나는 두고두고 이 일을 후회할 수도 있을 거 같았다. 그게 싫었다. 그래서 새벽에 담임에게 전화를 했던 거다. 혁주를 위해서가 아니라 나를 위해서.

혁주가 교실 뒷문을 조심스럽게 열며 나타난 것은 1교시 수업을 막 시작할 때였다. 수업 시간에 늦게 들어오거나 졸거나 딴짓하는 것은 선생을 무시하는 행동이라며 치를 떨 정도로 싫어하는 영어 선생님은 터벅터벅 들어오는 혁주를 쏘아봤다.

"턱을 너무 치켜든 거 아니니?"

영어 선생님은 지각이라는 것을 했으면 적어도 뒷머리를 긁적이며 미안한 얼굴로 들어오거나, 이마가 땅에 닿게 고개를 숙이는 게 예의라고 했다.

"선생님. 선생님이 오해하실 수도 있어서 말씀드리는 건데요. 혁주는 고개를 숙여도 턱은 올라가더라고요. 주걱턱이라 그런가? 주격턱은 아닌 거 같은데 이상하죠?"

민주가 한마디 했다. 영어 선생님 눈썹이 꿈틀거렸다. 영어 선생님과 민주는 영원히 만날 수 없는 수평선과 같은 사이다. 민주는 초등학교 때까지 미국에서 살다 왔다. 그래서 그런지 영어 실력이 보통이 아니다. 민주는 그 탁월한 영어 실력을 영어 시간에 아낌없이 발휘한다. 가끔은 발음 문제로 영어 선생님을 다그치며 따지고 들 때도 있다. 영어 시간에 민주가 "선생님." 하고 부르며 손을 들면 영어 선생님 얼굴은 일단 벌겋게 달아오르기부터 한다.

"저 정도로 주걱턱이라고 하지 않아. 아무튼, 주걱턱이든 뭐든 상당히 싸가지 없어 보인다는 게 문제지. 그런데 가방도 안 들고 학교에 온 거니? 뭐, 하나를 보면 둘을 알 수 있고 둘을 아는 순간 전체가 손아귀로 들어오는 거지."

영어 선생님이 말하는 순간 나는 혁주가 가방을 들고 오지 않았다는 것을 알 수 있었다.

"학교를 대체 뭘로 보는 건지. 학생이 가방 없이 빈손으로 오질 않나, 걸핏하면 선생을 깔아뭉개며 잘난 척하지를 않나……."

영어 선생님은 더 이상 내가 무슨 말을 하겠니, 해 봤자 내 입만 아프지 하는 표정으로 고개를 좌우로 서너 번 흔들더니 책을 들었다.

"오호, 민주가 왜 혁주 편을 다 드시는가?"

기준이가 시시덕거리다 민주의 따가운 눈총을 받았다.

담임이 그렇게 말했는데도 빈손인 거를 보면 혁주는 가방을 잃어버린 게 확실했다. 담임 전화를 받고 바로 가방을 찾아왔으면 지각할 시간은 아니었는데 지금 나타난 걸 보면 가방을 찾으러 갔었지만 가방이 없어진 거다.

시장 뒷골목은 사람 발길이 뜸한 곳이고 또 통째로 통닭집 앞 가게는 골목에서 몇 걸음 안으로 더 들어가야 한다. 마음먹고 들어가지 않는 이상 가방을 우연히 발견하기란 어렵다. 가방을 잃어버릴 가능성이 적은 곳인데 어떻게 된 거지?

'내가 지금 무슨 생각하는 거야? 억울함을 풀어 줬으면 됐지, 내가 왜 재 가방 걱정을 계속하고 있는 거야. 연보라, 미쳤니?'

나는 고개를 흔들어 혁주 가방 생각을 떨쳐 냈다. 하지만 종일 문득문득 혁주 가방이 떠올랐다. 혁주가 착각하고 있는 거는 아닐까? 가방을 두고 온 장소를 말이다. 그쪽으로는 빈 가게가 많고 눈여겨보지 않고 들어가면 헷갈릴 수도 있다.

"보라야, 할 말이 있어……. 화내지 말고 들어 줘."

수업이 끝나고 은우가 말했다.

"나중에, 나중에 얘기하자. 내가 오늘 급한 일이 있어서."

나는 은우 말을 잘랐다.

"급한 일 뭐?"

"그것도 나중에. 이따 문자 할게."

나는 서둘러 교실에서 나와 시장으로 갔다. 시장 뒷골목은 한낮인데도 인적이 뚝 끊겼다.

가게 안에 가방은 없었다. 곰팡이 냄새가 가득한 가게 안에 한참 동안 서 있다 돌아서는 순간 너무 놀라 심장이 떨어지는 줄 알았다. 혁주가 가게 앞에 서 있었다.

"왔으면 인기척이라도 내야 하는 거 아니니? 심장 떨어져서 죽으면 네가 책임질래?"

천연한 표정으로 물끄러미 쳐다보고 있는 혁주를 보자 화가 났다.

"혹시 내 가방 찾으러 온 거야? 아까 아침에 다 뒤져도 없었어. 혹시나 해서 지금 다시 와 본 거고."

"미쳤니? 내가 왜 네 가방을 찾으러 와? 너하고 나하고 무슨 상관이라고. 착각하지 마. 지금 나는 이 길을 지나가는 중이었어. 이 길이 지름길이거든."

나는 혁주를 밀치고 가게에서 나왔다.

"사실대로 말해 줘서 고맙다."

혁주가 내 뒤통수에 대고 말했다.

나는 획 고개를 돌렸다.

"너한테 고맙다는 말 듣고 싶어서 말한 거 아니야. 앞으로는 똑바로 살아. 남 배신하지 말고. 은혜를 배신으로 갚는 짓이 얼마나 나쁜 짓인 줄 알아?"

혁주에게 마구 쏘아붙인 다음 뒤돌아보지 않고 큰길로 나왔다.

'미쳤어, 미쳤어. 왜 여길 와서.'

나는 내 팔목을 꼬집으며 발을 굴렀다.

모른 척하고 지나가도 되는데 그러지 못했던 것은 다 유전자 탓이다. 독해지고 싶어도, 냉정해지고 싶어도 가끔 마음을 흔드는 유전자 말이다.

외할머니는 외할아버지와 결혼하고 난 후 딱 2년만 함께 살았다고 했다. 엄마를 낳은 후로 외할아버지는 어느 날 온다 간다 말도 없이 홀연히 집을 나갔다고 했다. 그리고 몇 년 뒤, 바람이 다녀가듯 한 번 다녀갔고 이모가 태어났다고 한다. 그 후로는 죽었는지 살았는지 소식이 없다고 한다. 외할머니는 노점에서 장사를 하며 엄마와 이모를 어렵게 키웠다. 언젠가 내가 물었다. 외할아버지가 돌아가신 거 아니냐고. 외할머니는 사람이 죽으면 연락이 올 거라며 연락이 없는 걸 봐서는 같은 하늘 아래 어디선가 잘 살고 있는 거라고 했다. 책임과 의무를 헌신짝처럼 저버린 배신자 외할아버지. 하지만 외할머니는 그런 외할아버지를 가끔 걱정한다. 밥은 잘 먹고 사는지, 이러면서. 마음이 약한 탓이다.

엄마는 외할머니보다 마음이 더 약하면 약했지 덜하지는 않다. 아빠와 연애를 하면서 나를 임신했을 때 엄마는 당연히 아빠와 결혼할 거라고 생각했다고 한다. 하지만 아빠는 그때 양다리를 걸치고 있었고, 임신한 엄마를 버리고 그 여자를 선택한 다음 온다 간다 말도 없이 떠나 버렸다. 엄마는 마음만 먹으면 아빠를 찾을 수 있었겠지만 더럽고 치사해서 그러지 않았다고 했다. 엄마는 가끔 나에게 묻는다. 아빠가 궁금하지 않니, 이러고 말이다. 내가 아빠 이야기를 꺼내면 아빠 이야기하지 말라고 불같이 화를 내도 모자랄 판에. 그것도 마음이 약한 탓이다. 이모를 생각하자 한숨이 절로 나왔다. 이모와 사귀던 남자도 온다 간다 말도 없이 사라졌다.

외할아버지와 아빠 그리고 이모가 사귀던 그 남자의 공통점은 온다 간다 말도 없이 사라졌다는 거다. 외할머니와 엄마 그리고 이모가 마음이 약하고 여려 빠져서 자신들에게 나쁜 짓은 절대 하지 못할 거라는 것을 알고 다들 그랬을 거다. 외할머니와 엄마 그리고 이모가 야무지고 독했더라면 그러지는 못했을 거다.

나는 절대 그렇게 살지 않겠다고 결심했지만 유전자의 힘은 강력했다. 그놈의 가방에 흔들리고 만 것도 마음이 약한 탓이다.

'항상 마음을 강하게 먹고 늘 조심해야 해. 강하게 마음먹어, 연보라.'

나는 부지런히 걸으며 쉬지 않고 중얼거렸다.

발칙한 수학여행

사물함에 보라색 포장지로 싸인 작은 상자가 들어 있었다. 다른 아이가 사물함을 착각하고 잘못 넣었나 생각하는데 '보라에게'라고 쓰인 종이가 눈에 들어왔다.

'은우인가 보네.'

웃음이 픽 나왔다. 옷 사러 혼자 간 게 미안해서 이렇게 귀여운 짓을 했구나. 뚜렷하지도 않고 잡히지도 않는 은우에 대한 불안감이 한순간에 날아갔다.

포장지를 뜯으려는 순간 교실 앞문으로 들어오는 은우가 보였다.

'지금 오는 거야? 그럼 은우가 넣어 놓은 게 아닌가?'

나는 교실을 둘러보다 혁주와 눈이 마주쳤다. 혁주의 눈빛을 보고 상자를 사물함에 넣은 주인공이 혁주라는 것을 단박에 알아차렸다. 짜증이 물밀 듯이 밀려왔다.

선물이라는 것은 주고받는 사람 모두가 기분 좋아야 선물로써의 역할을 다하는 거다. 받는 사람의 의사나 마음 같은 것을 무시한 선물은 선물이 아니라 폭탄이다.

당장 선물 상자를 혁주에게 돌려주려다 참았다. 다른 아이들이 보면 괜한 오해를 할 수도 있다. 나는 선물 상자를 사물함 깊숙이 밀어 넣었다.

"얘들아, 얘들아. 할 말이 있어."

그때 민주가 말했다.

"다른 반 보니까 수학여행 프로그램을 짜더라고. 우리 반도 해야 하는 거 아니야?"

모여 앉아 떠들던 아이들이 민주에게 집중했다.

"당연히 준비해야지. 뭐 좋은 아이디어 있어?"

기준이가 물었다.

"특별한 아이디어는 없는데. 댄스 동아리는 춤을 준비하고 성악 동아리는 노래를 준비하면 되지 않을까?"

"야, 댄스 동아리가 춤추고 성악 동아리가 노래 부르는 거는 너무 당연해서 재미없잖아. 고인 물처럼 그저 그런 거 말고 이왕 하려면 뭔가 특색 있는 거를 해야 하는 거 아니냐? 고정 관념을 깨자, 고정 관념을. 수학여행 장소도 고정 관념을 깼는데 그런 것도 깨야지."

"그럼 흐르는 물인 네가 한번 아이디어 내 봐."

민주가 발끈했다.

"왜 화를 내? 내 말은 다 같이 생각을 해 보자 이 말이지. 내가 흐르는 물이라는 게 아니라. 사실 따지고 보면 민주 네가 흐르는 물이지. 외국 물을 십 년 넘게 먹고 왔잖아. 미국 애들은 수학여행 같은 거 안 가냐? 가면 뭐 하냐? 그걸 알면 참신한 아이디어가 떠오를 텐데."

"나는 초등학교 때까지만 미국에 살아서 잘 몰라."

"먹방 할까?"

누군가 말했다.

"에이, 먹방 유행 지난 지가 언젠데 촌스럽기는. 먹방 그거 알고 보면 되게 무식한 짓이야. 야, 우아하게 사는 사람들 좀 봐라. 코딱지만 한 스테이크 한 쪽 먹는 데도 한 시간 넘게 걸려 가면서 먹잖냐. 라면 열 개를 오 분 만에 먹는 거나 햄버거 스무 개를 한꺼번에 먹어 치우는 거는 자랑할 게 아니지. 못 먹고 사는 시대도 아닌데 어딜 가기만 하면 먹는 거부터 찾아 나서는 것도 결코 자랑할 게 아니거든. 그걸 깨달으면서 먹방이 사라지고 있는 거야. 뭘 알고나 말해."

기준이가 또 태클을 걸었다.

"그럼 개그콘서트."

"유치하기 짝이 없지. 웃기지도 않은데 웃어 주는 것도 힘들고."

"그럼 파자마 파티."

"야, 수학여행까지 가서 파자마 파티를 하냐? 재미없게."

"그럼 뭐 할 건데? 네가 한번 말해 봐."

아이들이 단체로 기준이를 향해 소리쳤다.

"뭐 굳이 말을 해 보라고 하면 말이야. 사랑도니까 사랑도에 걸맞은 프로그램이 있으면 좋겠다, 이 정도?"

"오호!"

기준이 말에 아이들 눈이 약속이라도 한 듯 동시에 빛났다.

"그거 참신한데? 사랑도니까 사랑도에 걸맞은 프로그램을 짜자 이 말이지? 와, 그 말 들으니까 갑자기 내 가슴이 왜 이렇게 떨리냐. 완전 기대된다."

승현이가 키득거리며 말했다. 얼굴까지 벌게지는 걸 보면 떨린다는 말이 장난만은 아닌 거 같았다.

"그럼 로맨스 연극할까?"

"굿 아이디어."

기준이 말에 승현이가 벌떡 일어나더니 엄지손가락을 치켜올렸다.

"로맨스 연극 좋아하네. 로맨스 연극이 그렇게 쉬운 줄 아니? 전문 배우들이야 서로 좋아하는 감정이 없어도 연기력으로 연애 감정을 눈물 나게 표현할 수 있지만 그거 아무나 하는 거 아니야. 배우가 아닌 너희들이 연애 감정을 잘 표현할 수 있어? 연극하는데 감정을 잘 살리지 못하면 몰입도가 떨어지고 연기하는 사람이나 보는 사람이나 다 시시하게 돼. 수학여행 망치고 싶니?"

시은이가 한심하다는 표정으로 기준이와 승현이를 바라봤다.

"또 잘난 척한다."

승현이가 중얼거렸다.

"잘난 척하는 게 아니라 사실이야. 사람이 무슨 말을 하면 진지하게 받아들일 줄 좀 알아라. 로맨스 연기는 전문 배우가 아니면 실제 연애를 하고 있는 사람이 잘해 낼 수 있는 장르야. 뭘 좀 알고 말해. 너희 연애해 봤어? 연애 감정이 뭔지 아느냐고."

"우리가 연애 한번 못 해 봤다고 누가 그래? 네가 뭘 안다고 그렇게 단정 짓냐? 그리고 연애 감정 그게 뭐 그리 대단하냐? 그러는 양시은 너는? 너는 연애해 봤냐? 누굴 좋아해 봤느냐고?"

승현이가 턱을 치켜들며 물었다.

"바른말을 하면 받아들일 줄도 좀 알아라."

시은이가 눈을 흘겼다.

"일단 아직 시간이 있으니까 생각해 보자."

민주 말에 기준이가 자리를 박차고 일어나더니 시간이 있기는 뭐가 있냐, 오늘이 목요일이고 다음 주 월요일이면 수학여행을 가는데 시간 없어, 이러면서 갑자기 재촉했다. 그러고는 오늘 당장 결정하고 연습할 게 있으면 연습을 하자고 말했다. 그러자 몇몇 아이들이 기준이 말에 찬성했고, 결국 오늘 오후 수업이 끝나고 나서 삼십 분 회의를 하기로 했다. 수업이 끝날 때까지 각자 좋은 아이디어 하나씩을 생각해 내라고 했다.

"보라 너는 뭐 좋은 생각 없어?"

은우가 물었다.

"응."

내 머릿속에는 오직 사물함 속에 있는 선물을 가장한 폭탄을 어떻게 혁주에게 돌려줄까 온통 그 생각뿐이었다.

"승현이 말 듣고 나니까 인터넷에서 본 게 갑자기 생각났는데, 그거 얘기해 볼까?"

"그러든가."

선물 상자를 돌려주는 방법 하나! 수업이 끝나고 잽싸게 혁주를 뒤따라가서 돌려준다. 이 방법을 쓸 경우 주의 사항, 길거리에는 생각보다 훨씬 많은 눈이 존재한다. 그 눈들을 확실하게 따돌려야 한다.

선물 상자를 돌려주는 방법 둘! 혁주 사물함에 넣어 둔다. 이 방법을 쓰려면 수업이 끝나고 아이들이 다 돌아갈 때까지 기다려야 하는데, 학원 시간 때문에 곤란하다. 온종일 사물함 안에 있는 선물인지 폭탄인지 때문에 머리가 복잡했다.

학원 가는 아이들 때문에 회의는 신속하게 진행되었다. 하지만 그럴 듯한 의견은 나오지 않았다.

"야, 우리 머리의 한계다. 인터넷 찾아보니까 수학여행 가면 장기자랑에서 거의 백 퍼센트 춤과 노래한다더라. 우리가 뭐 그렇게 특별한 사람들이라고 골치 아프게 다른 거 생각하냐? 우리 머리의 한계를 인정하고 그냥 춤추고 싶은 사람 춤추고, 노래 부르고 싶은 사람 노래 부르고, 자고 싶은 사람 자고 그러자. 그래 봤자 겨우 이틀 밤이야. 이틀 밤에 무슨 대단한 사건을 만들겠다고."

산들이가 다 귀찮다는 듯 말했다.

"노래하고 춤추는 거는 유행 지났다니까."

그냥 가만있으면 노래와 춤으로 결정 날 텐데 기준이가 또 나섰다. 이건 뭐 돌림 노래를 하자는 것도 아니고. 기준이 때문에 다시 원점으로 돌아갔다.

"보라야. 아까 내가 말한 거, 그거 얘기할까?"

은우가 속삭였다. 아까 은우가 무슨 말을 했는지 기억이 나지 않았지만 나는 고개를 끄덕였다. 은우가 슬그머니 손을 들고 일어났다.

"별다른 뜻이 있는 건 아니고, 게임이야. 이벤트라고 말해도 좋고."

은우는 조심스럽게 입을 뗐다.

"아까 시은이가 그랬잖아. 감정이 없는데 어떻게 로맨스 연기를 하느냐고. 하지만 기준이 말대로 우리 반 아이들이 모두 다 연애를 안 해 본 거는 아닐 거야. 누구를 좋아해 본 경험이 있는 아이도 있을 거고 현재 진행인 경우도 있을 거야."

은우는 조심스럽게 말했다.

"현재 진행형? 그런 일이 실제 있다면 그건 누구일까?"

기준이가 키득거렸다.

"우리 반 남자애들 중에 우리 반 여자애를 좋아하는 애도 있을 테고, 여자애들 중에 남자애를 좋아하는 경우도 있을 거고."

"에이, 그건 아니지. 우리 반 여자애들 중에 좋아할 만한 애가 누가 있냐? 아니다. 계속 말해 봐."

기준이가 한마디 하다가 얼른 후퇴했다.

"예를 들면 그렇다는 말이야. 인터넷에서 본 건데, 어느 학교에선가 했던 특이한 프로그램이 있어. 내 마음을 표현하는 이벤트. 우리도 그걸 해 봤으면 해. 참신하기도 하고 재미있을 거 같기도 하고. 그 프로그램으로 사귀게 된 커플은 우리 반 공식 커플로 인정을 하고 대대적인 지원을 아끼지 않는 것도 좋지 않을까? 예를 들면 공식 커플이 특별한 날 이벤트를 하고 싶다 하면 우리가 돈을 모으든가 힘을 모으든가 아무튼 기념일을 챙겨 주는 거지."

"그 프로그램이 뭔데? 자세히 말을 해야 알지 그런 식으로 말하면 누가 알아먹어. 어떤 식으로 마음을 표현해서 커플을 만들자는 말이야? 로맨스 연극을 하자는 거야, 뭐야. 우리 반에 좋아하는 애가 있으면 연극을 해서 그 마음을 상대방에게 표현하자는 말이야?"

"아니. 연극을 하겠다고 나서면 '나는 좋아하는 아이가 있습니다.' 이러고 처음부터 고백하는 거나 마찬가지잖아? 그러면 다들 좋아하는 아이가 누구냐고 궁금해하며 끈질기게 물을 거 아니야. 상대편 마음이 어떤지도 모르는 상태에서 자신의 마음이 다 들통나면 그건 곤란한 상황을 만들 수도 있어. 게임이나 이벤트를 벗어나 감정이 상할 수도 있다는 말이야."

"그래서 어떻게 하자는 말이냐고."

민주가 물었다.

"마니또 같은 거지."

"마니또?"

"응. 정체를 밝히지 않고 상대에게 잘해 주는 거지. 자세히 말하면, 두 개의 상자에 각각 여자애들하고 남자애들 이름을 적은 쪽지를 넣는 거야. 여자애들 이름이 적힌 쪽지가 들어 있는 상자에서 남자애들이 쪽지를 하나씩 뽑고, 남자애들 이름이 적힌 쪽지가 있는 상자에서는 여자애들이 쪽지 하나씩을 뽑는 거지. 마니또 정하는 거랑 비슷해. 그리고 자기가 뽑은 아이에게 모든 수단을 다해 자신의 마음을 표현하는 거야."

"말도 안 돼."

은우 말을 다 듣고 난 시은이가 코웃음을 쳤다.

"나는 또 대단한 아이디어인 줄 알았네. 말이 돼? 내가 뽑은 쪽지에 내가 좋아하는 애가 있으라는 법이 어디 있니? 겉으로 표현은 안 했지만 싫어하는 애가 있을 수 있고 걔 이름이 적힌 쪽지를 뽑을 수도 있잖아. 그런데도 잘해 주어야 한다고? 말도 안 되지."

시은이 말이 맞다. 우연히 우리 반은 여자와 남자가 각각 일곱 명씩이다. 하지만 나처럼 누구도 좋아하지 않는 아이가 있을 테고, 또 한 명의 아이를 여러 명이 좋아하고 있을 수도 있다.

"그러니까 상자에서 이름이 적힌 쪽지를 뽑는 거는 사랑도에 가서 해야지."

은우가 말했다.

"무슨 뜻이야?"

"사랑도에 관련된 말이 사실이라면 사랑도의 기운으로 당연히 좋아하는 아이 이름이 적힌 쪽지를 뽑게 될 테니까. 운명처럼 말이야. 배에서 내려 사랑도에 발을 딛는 바로 그 순간 사랑도의 기운을 받아들일 거 아니니? 그때 뽑는 거야."

"오호, 운명적!"

승현이가 큰 깨달음을 얻은 듯 책상을 탁 쳤다.

"사랑도에 얽힌 말이 사실인지 아닌지 확인도 할 수 있겠다. 일인 방송하는 사람들에게는 완전 특종이겠는걸."

기준이가 찬성의 의미로 손뼉을 쳤다.

"운명처럼 좋아하는 애를 뽑지 못하거나 좋아하는 애가 없는 사람은? 그리고 싫어하는 애를 뽑은 사람은?"

승현이가 물었다.

"좋아하는 아이 이름을 뽑지 못했다면 그건 운명이 아닌 거야. 그럴 경우 포기해야지. 그리고 좋아하지 않았는데도 불구하고 쪽지에 적힌 이름을 보는 순간 뭔가 마음의 동요가 일어나면 그건 운명이 시작되는 거라고 볼 수 있지. 그때부터 좋아하면 되는 거야. 그리고 영 좋아하는 아이가 없거나 뽑은 아이에게 잘해 주기 싫으면 다른 아이들을 도와주면 되는 거고. 다시 한번 말하지만 이건 내가 만들어 낸 게 아니고 어느 학교에서 했던 프로그램이야. 일종의 게임이지. 이벤트이기도 하고. 그냥 재미로 해 보자는 거야."

의외다. 은우가 저런 말을 하다니. 하지만 뭐 다른 학교에서 했던 거고 또 게임이니까.

"운명이라는 말이 가슴에 확 와 닿는다. 애들아, 우리 이거 하자."

승현이는 거의 감동의 파도를 타고 있었다.

"찬성."

"나도 찬성."

"다른 거 할 것도 없는데 일단 찬성."

아이들이 너도나도 손을 들었다.

"그런데 질문! 시시하면 중간에 그만둬도 되는 거지? 다른 아이를 꼭 도와줘야 한다는 게임의 룰은 꼭 지키지 않아도 되는 거지?"

시은이었다. 은우가 고개를 끄덕였다.

"그럼 그렇게 하는 거로 결정하고 좀 더 자세한 거는 며칠 동안 의견을 모아서 보충하기로 하자. 그리고 이건 선생님은 물론이고 다른 반 애들에게도 절대 비밀이야. 이 말이 교장 선생님 귀에 들어가면 한순간에 수학여행지가 바뀔 수도 있어. 교장 선생님 성격 알지? 저번에도 그런 발칙한 생각을 가지고 수학여행을 가는 거는 절대 반대라고 했잖아."

"그럼 우리 반은 발칙한 수학여행을 가는 거냐?"

아이들은 짧은 순간에 똘똘 뭉쳤다.

운명이니 뭐니 떠드는 아이들이 한심해 보였다. 사람의 관계에서 운명을 믿다니. 이 세상에 운명적인 사랑은 존재하지 않는다. 그건 영화나 드라마 그리고 소설에서나 존재하는 말일 뿐이다. 현실의 사랑은 자신의 이익을 추구하며 저울질하고, 자신이 조금 손해 볼 거 같으면 관계를 무 자르듯 잘라 버린다. 또 어느 순간 눈앞에 펼쳐진 현실이 벅차게 느껴지면 도망치기도 한다.

'그런데 은우 재는 어디서 저런 걸 본 거야? 무슨 사이트야?'

어쩐지 가슴 한편이 눅눅해지는 기분이었다. 나는 은우를 잡고 이것저것 묻고 싶었지만 일단 선물의 가면을 뒤집어쓴 폭탄부터 해결하려고 마음먹었다. 사물함 안에 들어앉아 있는 그걸 생각하면 심란하고 짜증이 났다.

운명의 마니또

금요일까지 선물 상자를 돌려주지 못했다. 수업을 마치면 약속이나 한 것처럼 삼십 분 회의를 계속했다. 기본적인 프로그램에 의견을 더 덧붙이기 위한 회의였지만 진도가 나간 것은 없었다. 그래도 회의는 계속되었고 집에 갈 때도 좀처럼 기회가 나지 않았다. 결국 수학여행을 가서 기회를 엿보기로 하고 선물 상자를 캐리어 안에 넣었다.

새벽 공기를 마시며 캐리어를 끌고 나오는데 캐리어 안에 혁주가 웅크리고 앉아 있는 거 같았다. 그 기분 때문에 수학여행을 간다는 설렘이 반으로 쪼그라들었다. 하긴 뭐, 아이들이 은우가 의견을 낸 이상한 프로그램을 준비하고 어쩌고 하는 걸 보면서 수학여행에 대한 큰 기대는 이미 접었지만 말이다. 그래도 그런 걸 떠나 집이 아닌 곳에서 2박 3일을 보낸다는 것 자체가 설렘이었다.

“수학여행 가는데 표정이 왜 그래? 신나지 않아?”

엄마는 내 표정이 수학여행 가는 아이가 아니라 시험 보러 가는 아이 같다고 했다.

"혹시 은우랑 싸운 거야?"

엄마의 걱정은 날개를 점점 넓게 폈다. 나는 아무 일도 없다고 말했지만 엄마는 여전히 걱정되는 눈으로 현관문을 닫지 못했다. 나중에는 베란다로 나와 나를 부르며 손을 흔들었다.

—엄마, 걱정하지 마. 잘 다녀올게.

나는 엄마에게 문자를 보냈다. 엄마는 하트 수십 개를 보내왔다. 선물인지 폭탄인지 때문에 이래저래 엄마 마음이나 내 마음이 찜찜했다.

"에에, 그러니까, 조심 조심 또 조심, 안전이 제일이라는 말이에요. 2박 3일 동안 개인행동은 절대 하지 말도록 하세요. 배를 타야 하는 반은 구명조끼를 미리 입고 타도록 하세요. 갑자기 위험한 상황에 닥치게 되면 뭘 어떻게 해야 할지 까마득하게 잊고 우왕좌왕하기 십상이거든요.

그리고 익히지 않은 음식은 먹지 말도록 하세요. 어디라고 딱 꼬집어 말하지는 않아도 다들 잘 알고 있을 거예요. 유명한 관광지에 소문난 맛집에서 음식을 먹은 사람들이 무더기로 A형 간염에 감염되었다는 사실을 말이에요. 그 사람들은 다들 날음식을 먹었다고 해요.

또, 버스를 타고 이동 중일 때는 안전벨트를 꼭 착용하도록 하고요. 에스엔에스에 사진 올리려고 위험한 장소에서 사진 찍지 말도록 하고요. 거기가 어디더라, 외국 유명 관광지에서 사진 찍으려다 난 사고 다들 기억하지요? 사진 한 장에 목숨 거는 거만큼 어리석은 행동은 없어요."

"아, 언제 끝나? 이러다가 운동장을 벗어나지도 못하고 오늘 다 지나가겠다. 하여간 우리 교장 선생님 말 많은 거는 알아줘야 해."

기준이 목소리가 너무 컸다. 담임이 눈을 부라리며 기준이를 쏘아봤다.

"당부하고 싶은 말은 아주 많지만 그 말을 다 하다 보면 오늘 수학여행을 떠나지 못할 거 같아 이만하도록 하겠어요. 안전제일!"

교장 선생님이 기준이 말을 들은 거처럼 말을 마쳤다.

"안전제일!"

기준이가 복창을 했다.

관광버스는 큰길가에 세워져 있었다. 버스를 타기 위해 1반부터 교문을 빠져나갔다. 2반이 가고 우리 반이 나갈 차례가 되었을 때 담임이 앞을 막았다.

"우리 반은 좀 기다려라."

"왜요?"

"아직 교감 선생님이 오시지 않았어. 우리 반은 교감 선생님이 함께 가시기로 되어 있거든."

담임이 말하는 순간 중앙 현관에서 행정 실장님이 달려왔다. 행정 실장님은 교장 선생님에게 무슨 말인가를 급하게 전했다. 교장 선생님이 담임을 부르고 행정 실장님은 다시 안으로 들어갔다 도로 나오고, 그야말로 우왕좌왕 무슨 일이 있는 거 같았다.

"우리 반 안 가요?"

"좀 기다려라. 우리 반을 인솔하기로 하셨던 교감 선생님께서 학교로 오시던 길에 맹장이 터져서 병원에 가셨단다. 지금 수술을 받고 계시단다."

하필이면 오늘 같은 날, 그것도 학교에 오던 길에 맹장이 터지다니. 모두들 뭐 이런 일이 다 있냐 하는 표정으로 서로를 마주 봤다. 실화라고 말하기에는 너무도 드라마틱한 사건이었다.

"그럼 교감 선생님이 수술 다 하고 오실 때까지 기다려야 하는 거예요?"

기준이가 물었다.

"야, 황기준, 너 그거 조크냐? 조크라도 그런 말은 하지 마라. 그러려면 우리는 운동장에서 2박 3일 동안 먹고 자고 해야 한다."

승현이가 말했다.

"같이 갈 다른 선생님을 찾고 있다. 좀 기다려 봐라."

"그냥 가면 안 돼요? 우리 반 다 합해 봤자 열네 명이에요. 선생님 혼자서도 문제없잖아요? 선생님 설마 열네 명을 데리고 다닐 능력이 없으신 거예요? 우리가 초등학생도 아니고 철부지들도 아닌데 걱정하지 마세요. 우리 일은 우리가 다 알아서 하는데 뭔 걱정이에요. 그냥 가요."

"너희들이 초등학생이면 교장 선생님도 그냥 보내 줄 거다. 초등학생이 아니니까 문제지. 너희들이 폭탄인 거 스스로는 모르지?"

담임이 말하고 있을 때 교장 선생님이 세상의 온갖 시름은 다 가진 얼굴로 다가왔다.

"허 선생님. 허 선생님 반하고 같이 갈 교사가 없군요. 다들 할 일들이 태산이랍니다."

"아, 예, 교장 선생님. 그럼 저희 반은 저 혼자 인솔해서 다녀오도록 하겠습니다. 정신 똑바로 차리고 다니겠습니다. 한 가지 행동을 할 때 열 번, 스무 번 생각하고 하겠습니다. 그럼 배 시간도 있고 해서 빨리 가 보도록 하겠습니다."

"그게 아니고요. 3학년 3반은 내가 직접 따라가도록 하겠다 이 말입니다."

"아니 뭐 꼭 그렇게까지 하실 필요가 있겠습니까."

교장 선생님 말에 담임 얼굴이 새하얗게 질렸다.

"우리는 끝났다."

누군가 중얼거렸다. 운동장에 서서 교장 선생님이 준비해서 나오길 기다렸다.

"이러다 게임인지 이벤트인지 못 하는 거 아니냐?"

산들이가 낮은 목소리로 물었다.

"뭔 소리야. 무슨 일이 있어도 이벤트는 해야지."

기준이었다.

"다들 조심해서 행동하자."

담임도 만만치 않지만 교장 선생님은 담임보다 한 수 위다. 사사건건 참견하고 간섭할 거다. 어떤 때는 진저리가 쳐질 만큼 집요하기도 하다. 분리수거 당번을 아이들이 가장 싫어하는 것도 교장 선생님 때문이다. 교장 선생님은 청소 시간에는 아예 분리수거장에 서서 플라스틱은 플라스틱을 넣는 통에, 비닐은 비닐을 넣는 통에, 각각 넣어야 할 자리에 넣으라며 검사를 한다. 실수로 잘못 넣었을 경우 제대로 넣으라고 지적만 해 주면 듣는 사람이나 말하는 사람이나 기분 좋을 수 있는데 교장 선생님은 절대 그러지 않았다.

뭐 하나 잘못 넣으면 지구 온난화의 주범으로 몰아세우고 불쌍한 북극곰을 사지로 몰아넣는 몰지각하고 인정사정없는 냉혈 인간으로 만들어 버리며 과학 교사 출신으로서의 면모를 아낌없이 보여 준다. 왜 분리수거를 제대로 해야 하는지 설명은 짧아도 삼십 분이다. 공연히 한마디라도 대꾸했다가는 한 시간이 넘어간다. 저번에 기준이는 두 시간 넘게 분리수거장에서 차렷 자세로 교장 선생님 설명을 들어야 했다.

"나는 없다고 생각하고 자유롭게 이야기를 나누도록 하세요."

교장 선생님은 이렇게 말했지만 있는 사람을 없다고 생각하는 거는 쉽지 않다. 특히 교장 선생님이 한 번씩 일어나 버스 안을 훑어보는데 누가 감히 교장 선생님을 없다고 생각할 수 있을까.

버스가 출발하고 삼십 분이 지나자 다들 잠 자기에 돌입했다. 깨어 있어 봤자 눈치가 보여서 뭐 하나 제대로 할 수 있는 게 없었다.

잠에서 깼을 때 버스는 여객선 터미널 주차장으로 천천히 진입하고 있었다. 담임이 마이크를 들고 아이들을 깨웠다. 주변을 돌아보고 어쩌고 할 시간도 없이 바로 배에 탔다. 배는 자동차도 실을 수 있는 배이기는 했지만 생각보다 작고 낡았다. 아슬도에 우리 반을 내려주고 다른 섬으로 간다고 했다.

"자자, 서영중학교 3학년 3반 학생들은 모두 구명조끼를 입도록 해요."

배에 타기 무섭게 교장 선생님이 말했다. 담임은 신속하게 구명조끼를 나누어 주었다. 구명조끼를 다 입고 얼마 지나지 않아 배가 아슬도에 도착한다는 안내 방송이 나왔다.

"이야. 진짜 대자연의 선물이다. 아직 개발의 손이 미치지 않은 표가 역력해. 섬 자체가 천연기념물이다."

담임은 가까이 다가오는 아슬도를 보며 감탄했다. 눈이 시리도록 파란 하늘과 드넓은 바다 중간에 떠 있는 아슬도는 미세 먼지 하나 없이 깨끗한 풍경 위로 찬란하게 빛이 났다.

배가 선착장으로 천천히 들어설 때 민주가 아이들에게 눈빛을 보냈다. 담임과 교장 선생님이 눈치채지 못하게 조심하라는 뜻이다.

배에서 내려 줄을 서면서 은우가 캐리어를 열고 상자 두 개를 꺼냈다.

"그게 뭐냐?"

담임이 물었다.

"뽑기 할 거예요, 선물 뽑기."

기준이가 냉큼 대답했다.

"선물 뽑기? 그런 건 무슨 게임이라도 한 뒤에 하는 거 아니냐?"

담임이 관심을 보이자 기준이는 귀찮은 표정을 감추지 않고 우리들이 하는 놀이니까 그냥 두세요, 이런 것도 마음대로 못 해요? 이러고 화까지 냈다.

"해라, 해. 아니, 물어보지도 못하냐? 집 떠나서 그런가, 왜 이렇게 까칠해?"

담임이 뒤로 물러났다.

"얘들아. 수학여행 이벤트 알지? 우리 돈 걷어서 선물 샀잖아. 선물은 모두 열네 가지로 샀어. 운이 좋은 사람은 좋은 선물을 뽑을 거야. 운이 별로이면 별로인 선물을 뽑을 거고. 내가 먼저 뽑을게."

민주는 한쪽 눈을 찡긋해 보이며 갈색 스티커가 붙여진 상자에서 접힌 쪽지 하나를 꺼냈다. 갈색 스티커가 붙여진 상자에 남자아이들 이름이 적힌 쪽지가 있다는 뜻이다.

"떨린다, 떨려. 선물 하나에 이렇게 떨려 본 적은 처음인 거 같다. 아이고 심장 폭발하겠다."

기준이가 심장을 부여잡는 시늉을 하다가 민주의 눈총을 받았다. 제발 이상한 짓 좀 하지 마라, 그냥 태연한 모습을 보여 주란 말이야, 왜 티 내지 못해 안달이니? 민주 눈빛은 그렇게 말하고 있었다.

"아휴, 내가 이런 거를 다 해야 하나?"

시은이가 한숨을 쉬며 쪽지를 뽑는데,

"시은이 너는 이런 이벤트 별로인가 보다. 내가 대신할까?"

담임이 끼어들었다. 시은이가 소스라치게 놀라며 담임을 막아섰다.

"너희들은 어째 그리 생각이 부족하냐? 이런 이벤트를 하려면 선생님도 좀 같이 해야 하는 거 아니냐? 달랑 우리 반만 오는 수학여행에 선생님을 이렇게 왕따시켜도 되는 거냐? 그것도 선물 가지고?

그런데 기준아. 너는 무슨 선물이냐? 바들바들 떨던 거 억울하지 않게 비싼 거 뽑았냐?"

담임이 기준이에게 다가가 쪽지를 보려고 했다.

"아, 진짜 왜 그러세요?"

기준이가 깜짝 놀라며 옆으로 비켜섰다.

"궁금해서 그러지. 그런데 왜 그렇게 놀라? 뭐 금덩어리라도 되냐? 그리고 금덩어리면 금덩어리지, 내가 네 선물을 빼앗기라도 할까 봐 그러냐? 야, 아무렴 내가 제자 선물에 눈독 들이는 그런 선생이겠냐? 안 보여 주려고 그러니까 더 궁금하네."

담임 손이 바람처럼 빠르게 기준이 손을 향해 날아갔다. 기준이는 쪽지를 품에 안았다.

"아쭈, 아쭈, 이거 수상한데?"

담임은 필사적으로 기준이 손을 잡아당겼다. 보려는 자와 보이지 않으려고 하는 자, 담임과 기준이의 힘은 팽팽했다. 그 모습을 본 아이들은 황급히 들고 있던 쪽지를 주머니에 넣었다.

"허 선생님. 궁금할 것도 많습니다. 그나저나 호텔 매니저가 안 보이는데 전화해 보세요. 배가 도착할 시간이면 미리 나와 있어야 하는 거 아닌가요? 기본적인 서비스가 이래 가지고 어떻게 2박 3일을 믿고 보낼 수 있겠어요? 반찬은 계약한 대로 지키려나 모르겠네. 위생은 어떤지 내 눈으로 직접 봐야지 마음이 놓이겠어. 하나의 약속을 허술하게 여기는 사람은 둘도, 셋도 지키지 않는 법이니까요."

담임이 휴대폰을 꺼내 드는 순간 수입차 마크를 번쩍이며 자동차

한 대가 미끄러지듯 달려와 교장 선생님 코앞에서 멈춰 섰다.

"서영중학교이시지요? 저는 댕댕호텔 매니저입니다. 호텔 버스가 고장이 났지 뭡니까? 다 고쳐지는 거를 마냥 기다리고 있을 수가 없어서 저 혼자 왔습니다. 참 이상하지요, 다른 날은 호텔 룸이 꽉꽉 차는데 오늘부터 2박 3일만 서영중학교 학생들과 일반 여행객 두어 명만 있으니 말입니다. 그러더니 또 생전 고장이라고는 모르던 호텔 버스까지 고장 나고. 여태 이런 일은 단 한 번도 없었는데 말입니다. 이럴 때 호텔이 엎어지면 코 닿을 거리에 있으니 얼마나 다행입니까."

올백으로 머리를 넘긴 탓에 이마가 훌러덩 벗겨져 보이는 남자가 자동차에서 내리며 교장 선생님과 담임에게 명함을 내밀었다.

"그럼 살살 따라오십시오."

호텔 매니저는 도로 자동차에 타더니 창밖으로 고개를 내밀고 말했다.

"살살 따라오라니요? 뭘 따라오라는 말인가요?"

교장 선생님이 물었다.

"제가 천천히 차를 몰 테니 살살 따라오시라고요. 호텔은 여기서 100미터밖에 되지 않습니다. 아, 나이가 많으신 선생님은 차에 타시겠습니까?"

호텔 매니저가 교장 선생님에게 물었다.

교장 선생님이라는 직함을 빼 버리고 말하는 것도 썩 마음에 들지 않는데 거기다 한술 더 떠서 나이 많은 선생님이라는 말을 들은 교장 선생님은 헛기침을 하면서 자신의 불쾌한 기분을 표출했다.

"교장 선생님이십니다."

담임이 재빨리 끼어들었다.

"아, 그러세요? 보통 수학여행에 교장 선생님이 오시는 일은 드물어서 거기까지는 생각지 못했습니다. 교장 선생님은 차에 타시지요."

호텔 매니저가 그제야 공손하게 말했다.

"뭐 교장이 별건가요. 나이 들었다는 증거이지요. 그래도 나이에 비해 두 다리 튼튼하니 걸어가도 상관없고 학생들과 같이 걸어가고 싶은 마음이 굴뚝 같지만, 성의를 생각해서 타고 가도록 하지요."

교장 선생님은 언짢은 기분을 굳이 감추지 않고 말했다.

호텔 매니저는 천천히 자동차를 몰았다. 하지만 차가 아무리 천천히 간다고 해서 살살 걷는 사람에게 따라잡히지는 않았다. 뛰어가는 수준으로 따라가야 했다.

-달달달달달

열네 개의 캐리어 바퀴 소리로 아슬도가 터져 나갈 거 같았다.

"100미터라면서요? 뭔 100미터가 이렇게 멀어요?"

담임이 헉헉거리며 소리쳤다.

"직선거리 100미터입니다."

호텔 매니저 얼굴이 차창 밖으로 나왔다 순식간에 들어갔다.

"선생님. 직선거리 100미터는 직선으로 선을 그었을 때의 100미터라는 말이죠? 아, 힘들어요. 무슨 호텔에 버스가 한 대밖에 없어요? 고장 날 거를 대비해서 더 있어야 하는 거 아닌가요?"

민주가 징징거렸다. 그때 승현이의 손이 빛보다 빠른 속도로 민주 캐리어를 낚아챘다.

"너의 무거운 짐은 내가 다 책임지마. 어린 양아. 모든 거를 나한테 맡기고 너는 편하게 가라."

승현이가 싱긋 웃었다. 민주가 눈을 갸름하니 뜨고 승현이를 뚫어져라 바라봤다.

"왜? 내 얼굴에 뭐 묻었냐?"

"너 혹시 내 이름 적힌 쪽지 뽑았니?"

민주는 다 알았다는 듯 콧방귀를 뀌며 물었다.

"헉. 어떻게 알았냐? 너도 나 뽑았냐?"

"됐거든! 여기가 아무리 사랑도라고 해도 너는 아니다. 그러니까 꿈 깨."

민주는 캐리어를 도로 빼앗아 들들 끌고 갔다.

"뭐야? 뭔 게임을 저따위로 해?"

승현이가 얼굴을 찡그렸다.

강력한 펀치

호텔에 도착하고 나서야 나는 쪽지를 확인했다. 또박또박 쓰인 '권혁주'라는 이름을 보는 순간 심장 중간에서 뜨거운 것이 치솟아 올랐다. 그 힘은 대단했다. 나는 두 주먹을 꼭 쥐었다. 처음부터 이런 이벤트에는 관심조차 없었고 누구를 뽑든 아무 상관도 없었다. 하지만 하필이면 혁주라니. 기분이 팍 상했다.

가뜩이나 싫어하는 권혁주가 요즘 내 생활 안에 왜 이렇게 파고드는지 도무지 알 수가 없었다. 은근슬쩍 들어와 평화롭게 흐르는 내 시간을 제멋대로 휘저어 놓더니 그것도 모자라 2박 3일 수학여행까지 망치려고 들다니.

나는 쪽지를 구겨 권혁주를 내팽개치듯 마당에 던져 버렸다.

"보라야. 이거."

은우는 친절하게도 쪽지를 집어 내게 내밀었다.

"됐다. 그냥 버려."

"그래도 우리 반에서 회의까지 해서 시작한 게임이고 이벤트인데.

애들이 알면 뭐라고 할 텐데."

은우는 곤란한 낯빛으로 슬그머니 쪽지를 펼쳐 봤다. 쪽지에 쓰인 이름을 확인한 은우 얼굴이 서서히 벌게지기 시작했다. 은우도 놀랐을 거다. 일곱 명의 남자아이들 중에서 하필이면 권혁주를 뽑다니.

"나는 이런 거 관심도 없는데 그래도 재수 더럽게 없지? 권혁주 이름을 보는 순간 열 받아 죽는 줄 알았어."

그러게 재수 더럽게 없네, 어떻게 이런 일이 있냐? 이러면서 한마디 할 줄 알았던 은우가 조용했다.

"왜 아무 말도 안 해?"

"응?"

"내가 권혁주가 걸렸는데 왜 아무 말도 안 하느냐고. 위로라도 해줘야 하는 거 아냐?"

"으응. 보라야. 너 참 속상하겠다."

은우가 중얼거리듯 말했다. 영혼 없는 말투였다. 아무래도 이상해서 왜 그러느냐고 물어보려다 담임이 이쪽을 바라보고 있는 바람에 그만두었다.

여자들은 보름달방을, 남자아이들은 한가위방을 배정받았다.

"이게 무슨 호텔이야? 펜션이네, 펜션. 솔직하게 펜션이라고 간판을 내걸어야지 왜 호텔이라고 해? 나는 분위기 죽이는 침대 방을 상상했네."

민주가 방 안을 둘러보며 말했다. 민주 말대로 호텔이라는 이름과는 거리가 먼 방이었지만 방은 넓고 깨끗했다. 이불도 수건도 청결

했고 좋은 냄새도 났다. 그나마 다행이었다. 방도 더럽고 이불과 수건도 더러웠더라면 기분은 한없이 더 추락했을 거다.

짐을 풀고 호텔 식당에서 점심을 먹었다. 계획표보다 한 시간이나 늦은 점심이었다.

"비주얼은 합격인데 모양이 그럴싸하다고 해서 속으면 안 되지."

교장 선생님은 매의 눈으로 반찬 검사를 했다. 넣을 거는 다 넣었는지 혹시라도 재료를 빼먹은 거는 없는지 아주 꼼꼼하게 살펴봤다.

"재료가 에이급 맞습니다. 미역국에 들어 있는 고기를 좀 보십시오. 아주 윤기가 좔좔 흐르는 것이 쫀득쫀득해 보이지 않습니까. 밥을 푹 말아 먹으면 그야말로 최고의 밥상이겠습니다."

담임은 입맛을 다시며 교장 선생님이 먼저 밥을 먹길 기다리고 있었다.

"모르시는 말씀. 뭐든 겉만 보고 판단해서는 안 됩니다. 그러다 속는 일이 얼마나 많은 줄 아십니까?"

"그럼요, 지당하신 말씀이십니다. 어디 음식만 그렇겠습니까? 세상 모든 것이 겉만 보고는 모르지요. 사람도 겪어 봐야 진가를 알 수 있는 거처럼 음식이라는 것은 먹어 봐야 알 수 있는 거지요. 그러니 일단 드셔 보시지요."

담임 말에 교장 선생님은 미역 한 줄기를 집어 조심스럽게 입에 넣은 다음 쇠고기 한 점을 건져 또 입에 넣고 눈을 끔벅거리며 맛을 음미했다.

"어떻게 재료는 괜찮으신지요?"

담임이 물었다.

"괜찮군요."

교장 선생님이 고개를 끄덕였다. 그러자 담임은 그제야 국에 밥을 말아 푹푹 퍼먹었다.

"보라야. 부탁이 있어."

옆에 앉은 은우가 말했다.

"뭔데?"

"……."

"말해. 무슨 부탁이야? 들어줄 수 있으면 당연히 들어주지."

은우가 무슨 부탁을 할 건지 감이 왔다. 보나 마나 은우는 양말을 챙겨 오지 않았을 거다. 언젠가 은우가 그랬다. 가족끼리 여행을 가면 신기하게도 모두 다 양말을 챙겨 오지 않는다고 말이다. 여행을 떠나기 직전까지 양말을 챙긴다고 마음먹고 분명 가방에 넣었다고 생각하는데 꼭 빼놓고 온다고 했다. 그래서 다들 신고 있는 양말 한 켤레로 며칠을 견딘다고 했다.

은우는 자기 집안 조상 중에 누군가가 양말 귀신에게 큰 잘못을 했을 거라고 말했다. 그렇지 않고서야 그런 일이 계속 일어날 수는 없다고 말이다. 하지만 내 생각은 다르다. 양말 귀신이 벌이는 일이 아니다. 그건 집안 내력이다. 사소한 것은 항상 잘 잊는 그런 유전자가 은우네 집안에 있는 거다. 양말은 옷이나 신발에 비해 사소한 취급을 받는다. 대부분의 사람들은 옷이나 신발은 브랜드니 뭐니 하면서 비싸게 사는 거를 당연하게 생각하면서도 양말에 대해서는 좀 다르게 생각한다. 비싸고 예쁘면 좋겠지만 꼭 그렇지 않아도 상관없다고 여긴다.

우리 집안에 마음이 약한 유전자가 내려오듯 은우 집안에는 사소한 것을 잘 잊는 그런 유전자가 내려오고 있는 거다.

"네가 뽑은 쪽지 말이야. 그거, 내 거랑 바꿔 줄 수 있어?"

양말 이야기가 아니었다.

"무슨 쪽지?"

"그거, 우리 이벤트 하는 거."

"권혁주 이름이 쓰인 쪽지 말하는 거야?"

나는 정확하게 물었다. 물어보면서도 은우가 하는 말을 내가 잘못 들은 거는 아닌지 생각했다.

"안 되겠지?"

은우는 내 대답을 기다리지 않은 채 식판을 들고 일어났다.

은우가 식당에서 나가고 난 다음에도 은우의 말뜻이 뭔지 생각하려고 애썼다. 하지만 아무리 생각해도 도무지 알 수가 없었다.

은우는 호텔 마당가 화단에 앉아 먼 하늘을 바라보고 있었다. 나는 은우 옆으로 다가갔다.

"필요하다면 가져. 그리고 네가 뽑은 쪽지는 나 줄 필요 없어. 그런 거에 관심 없으니까."

나는 권혁주 이름이 쓰인 쪽지를 은우에게 내밀었다.

"대신 이유를 말해 줘. 이걸 뭐에 쓰려고 하는 건지. 게임에 반전 같은 거 있는 거야?"

어쩌면 그럴 수도 있을 거라는 생각이 들었다. 나는 은우 손에 쪽지를 들려 주었다.

"혹시 이것도 네가 본 프로그램에 있는 시나리오냐고. 다른 사람이 뽑은 쪽지로 뭔가 다른 재미있는 일을 벌이는 게 있는 거야?"

다시 물었다.

"아니, 그런 거 없어."

은우가 천천히 고개를 저었다.

"그럼 왜?"

은우가 대답 대신 나를 물끄러미 바라봤다.

"사실은 며칠 전부터 말하려고 했어. 하지만 이래저래 그럴 기회가 없었어. 먼저 화내지 않는다고 약속해."

"무슨 말을 하려고 그렇게 심각해?"

은우 말을 듣지 않았는데도 가슴이 철렁했다.

'설마.'

불안함이 밀려들어 왔다.

나는 마른침을 삼키고 은우 입을 바라봤다. 제발 은우가 내가 상상하는 그런 말이 아니라 다른 말을 해 주기를 바랐다.

"화내지 마."

은우가 다시 한 번 다짐을 주었다.

"나는 사랑도에 관련된 말이 진짜이길 바라고 그 기운으로 내가 원하는 일이 이루어지길 바라."

"은우 네가 뭘 바라는데?"

나는 일부러 아무렇지도 않은 표정으로 시큰둥하게 말했다.

–꿀꺽

은우가 마른침을 삼켰다. 은우가 저렇게 침을 삼키는 거는 긴장했을 때다.

"우리 사이에 비밀이 있어서는 안 될 거 같아 사실대로 말하는 거야. 나, 혁주 좋아하는 거 같아."

강력한 펀치였다. 눈속임도 없이 곧이곧대로 정면을 강타한 펀치의 힘은 대단했다. 나는 잠시 비틀거렸다.

"아니, 좋아하는 거 같은 게 아니라 좋아해."

은우는 마무리하는 펀치를 한 번 더 날렸다.

미쳤다. 미치고 않고서야 은우가 나한테 이럴 수는 없는 거다.

앞으로 너와 나, 남자 친구 같은 거는 사귀지 않는 거로 하자고 까르르 웃으며 손가락을 먼저 내민 거는 은우였다.

혁주가 두호를 배신했을 때 은우는 나와 함께 침을 튀겨 가며 혁주 욕을 했었다. 은우는 믿는 도끼에 발등 찍힌 두호가 불쌍하다고 눈물까지 찍어 냈고, 친구를 배신한 혁주가 세상에서 제일 나쁜 놈이라며 열을 올렸었다. 연애든 우정이든 배신하는 사람이 세상에서 제일 나쁜 사람이라는 말도 은우 입에서 처음 나온 말이다. 은우는 자신을 배신하고 다른 아이들과 힘을 합해 자신을 왕따시켰던 그 아이 이야기를 하며 치를 떨었었다. 그러면서 우리의 우정은 영원할 거라고 했다. 나나 은우나 마음이 변하는 일은 없을 거라면서 말이다. 그런데 그랬던 은우가…….

"짜증 나."

나는 찬바람을 일으키며 돌아섰다. 얼마나 열이 받는지 콧구멍에서 뜨거운 바람이 뿜어져 나왔다.

그래, 좋아. 남자아이에게 관심을 가질 수 있다고 쳐. 뭐 그럴 수도 있어. 내가 백만 번 양보해서 그럴 수 있다고 이해하려고 하면 아주 이해 못 할 것도 아니야. 그런데 왜 하필 혁주야. 기준이도 있고 승현이도 있고 해영이, 산들이, 영찬이, 미호도 있는데 왜 하필 혁주냐고.

우리 반 남자아이들 중에 마음에 드는 아이가 없으면 1반도 있고 2반도 있고 4반, 5반도 있다. 요즘은 연하가 대세라는데 1학년과 2학년에도 남자아이들은 수두룩하다. 그리고 남자아이들은 우리 학교에만 있는 게 아니다. 지구 위에 반은 남자고 반은 여자다. 지구인의 반인 남자를 유아기부터 구십 대까지 나누면 지구에 살고 있는 남자 중에 십 분의 일은 십 대다. 모아 놓으면 개미 떼보다 더 많을 거다. 그런데 왜 하필이면 혁주냐고.

"그러니까 새 옷을 꼭 사야 하는 이유도 혁주에게 잘 보이기 위해서인 거야?"

분노의 파도가 온몸 구석구석으로 거칠게 몰아쳤다.

"이상한 게임인지 이벤트인지 들고 나온 것도 그 이유고? 흥. 그러고 보니 아직 혁주한테는 고백하지 못했나 보네? 혁주 마음도 모르는 상태겠구나?"

그랬구나, 그래서 이런 말도 안 되는 이벤트를 하자고 의견을 낸 거구나. 은우가 어울리지 않게 그런 의견을 낼 때부터 뭔가 이상했었어. 하지만 설마 하고 그 이상한 마음을 털어 냈었지. 어쩌면 인터넷에서 봤다는 말도 거짓말일 수 있다.

"네가 모르는 게 있어. 다 좋아. 사랑도에 전해 내려오는 말이 사실이라고 쳐. 그래서 너와 혁주가 잘되어 사귀게 된다고 쳐. 하지만 과연 끝까지 잘되라는 법 있어? 혁주가 너를 배신하지 말라는 법 있느냐고? 한 번 배신한 사람은 두 번, 세 번도 배신한다는 말이 있어. 만약 혁주가 너를 배신하면 어떻게 할 건데?"

"그 생각도 해 봤는데……. 꼭 그러라는 법은 없을 거 같아."

"꼭 그러지 말라는 법도 없잖아? 어느 쪽이든 이 분의 일 확률이야. 네가 배신당할 확률이 반이라고. 반은 엄청난 확률이야. 그런 경험은 한 번이면 족하지 않니? 멍청한 짓을 왜 또 하느냐고."

나는 은우가 제발 제자리로 돌아오길 바라며 말했다.

"그게 겁나고 무서워서 시작부터 하지 않는 거는 어쩐지 어리석은 거 같아."

은우 결심은 단단해 보였다.

이모가 떠올랐다. 이모도 운명이라던 그 남자와 사귀기 시작했을 때 외할머니와 엄마의 반대에 저렇게 말했었다.

"너랑 나랑은 이제 끝이야."

나도 모르게 마지막에 해야 할 말이 불쑥 튀어나왔다. 은우 눈이 휘둥그레졌다.

"절교라고."

"보라야."

"다 좋아. 너와 혁주의 관계가 어떻게 될지 아무도 모른다는 말 받아들인다고 쳐. 나는 지금 그 문제를 떠나 너와 내가 진짜 친구였는지 그것부터 의심이 돼. 나는 너와 친해지면서 우리가 새끼손가락 걸었던 문제에 대해 진지했었어. 그런데 이제 와서 보니 너는 장난이었던 거야."

"아니야. 나도 진지했어. 나는 보라 너를 진짜 진정한 친구라고 생각해."

"진지했다고? 입장 바꿔서 네가 나라면 이런 말을 들었을 때 어떤 기분이겠니? 나는 너한테 우리 집안 이야기를 다 했어. 외할머니 얘기, 엄마 얘기 그리고 이모 얘기까지. 그런 얘기 하는 거 쉬운 줄 알아? 내 속에 있는 마음을 누군가에게 꺼내 보인다는 거 그렇게 쉬운 일 아니야. 너니까 말했던 거야. 창피하기도 했지만 너한테는 해도 괜찮을 거라고 믿었으니까. 우리 집안 얘기를 하면서 나는 배신자를 제일 싫어한다고 말했었고 너는 나보다 더 열을 올리며 맞장구쳤었어. 기억하지?"

"보라야."

은우가 내 손을 잡았다.

"기억하느냐고."

"응, 기억해. 나도 많이 생각했어. 그런데 내가 내 스스로를 중독시키는 일은 하지 말자는 결론을 냈어. 생각을 미리 정해 놓고 거기에 스스로를 중독시키려고 하는 거. 나는 안 된다, 그러면 다친다,

나는 다치고야 만다, 꼭 다친다, 결과는 모르는데 꼭 알고 있는 거처럼 그리고 그 생각이 맞는 거처럼."

은우가 알아듣지 못할 말을 했다.

"아무튼 너랑 나랑은 끝났어. 그렇게 알아."

나는 은우 손을 힘껏 뿌리쳤다.

-치르르

그러는 바람에 손목에 매달린 가느다란 팔찌가 요동을 쳤다.

중독 좋아하네. 게임 중독, 담배 중독, 알코올 중독, 또 마약 중독이라는 말은 들어 봤어도 생각을 정해 놓고 스스로를 중독시키려고 한다는 말은 처음이다. 말장난하는 것도 아니고 도대체 무슨 말이야?

공연히 미안하니까 그러는 거다. 마음이 변한 게 쪽팔리니까 변명을 하는 거다. 마땅한 핑곗거리가 없으면 말면 되지, 변명할 거리가 없으면 그냥 수긍하면 되는 거지 이상한 말을 해 가며 자신의 말과 행동을 정당화시키려는 은우가 미웠다.

나는 팔찌를 바라봤다. 은우와 똑같은 거로 사서 나눠 낀 우정 팔찌다. 빼려다가 멈칫했다. 어쩐지 당장 빼기가 망설여졌다. 나는 심호흡을 몇 번 하고 마음을 가라앉힌 다음 방으로 들어왔다.

민주가 방 한가운데에 큰대자로 누워 투덜거리고 있었다. 자기 이름을 뽑은 사람이 누구일까, 기대와 설렘이 단 몇 분 만에 산산조각 난 게 기막히다고 했다. 더도 말고 덜도 말고 한 시간만 설렘 속에 있었어도 이렇게 억울하지는 않겠다고 했다. 민주가 제일 싫어하는 스타일이 촐싹 맞은 스타일인데 승현이가 딱 그 스타일이라고 했다.

"야, 그래도 그건 좀 심했어. 싫어하는 애 뽑았으면 다른 애들은 누굴 뽑았나 보고 잘될 애들을 적극적으로 밀어주기로 했잖아. 감정이 툭 튀어나온 거는 게임의 룰에서 어긋난 거야. 가만! 그러고 보니 민주 너, 우리 반 남자애들 중에 관심 있는 애가 있나 보다. 그러니까 이렇게 억울해하지."

시은이가 하지 않아도 될 말을 했다. 민주는 그 말에 폭발했다. 민주는 시은이에게 입장 바꿔 생각해 보라고 했다. 싫어하는 아이가 시은이 너를 뽑고 네 앞에서 잘해 주려고 히히거리면 너는 그걸 받아 주면서 같이 히히거릴 수 있겠느냐고 했다.

"어차피 사랑도에 전해 내려오는 이야기는 다 거짓말이야. 재미로 하는 이벤트인데 설마 그 말을 믿고 있는 거는 아니지? 우리 이거 그만두자. 공연히 사람 마음만 상할 수 있어."

시은이가 말했다.

"네가 거짓말인지 아닌지 어떻게 알아서 그렇게 딱 잘라 거짓말이라고 해? 그리고 우리가 며칠이나 이거 때문에 서로 모여 회의도 했잖아. 그런데 섬에 들어오자마자 그만둬?"

성지가 따지듯 물었다. 아무래도 이 게임인지 이벤트인지 오늘 안으로 그만두게 생겼다.

"그거 관광 콘텐츠야. 어느 관광지든 가 보면 다 만들어 낸 스토리가 있어. 홍보하려고 그럴듯하게 만들어 낸 이야기라는 말이야. 나는 수학여행이고 재미를 위해, 또 학급 일에 딴지 걸기도 그렇고 해서 찬성하고 참여하는 건데 설마 너희들, 그 말을 진짜 믿고 이벤트에 참여하는 거는 아니지?"

"아니, 나는 진짜 믿고 참여하는 건데. 너 그렇게 단정 짓지 말라니까."

성지 말에 시은이는 내가 더 이상 무슨 말을 하겠니, 하는 표정을 짓더니 캐리어를 열고 책 한 권을 꺼내 펼쳐 들었다. 완전 재수 없어! 성지가 시은이 뒤에서 입 모양으로 말했다.

그때 노크 소리가 들리고 담임이 들어왔다.

"지금부터 세 시 삼십 분까지 푹 쉬고 난 다음 호텔 마당으로 모여라. 요 앞에 있는 박물관 관람 갈 거다. 야, 섬이 작으니까 좋긴 좋다. 차로 움직이지 않고 살살 걸어 다녀도 되니 말이다. 내가 선생이 되고 나서 지금까지 이루 헤아릴 수 없을 정도로 많은 수학여행을 다녀 봤는데 유명한 유적지나 박물관을 관람할 때 말이다, 고작 몇십 분 남짓의 관람을 위해 소모해야 할 에너지가 엄청났지. 어딜 좀 가려고 겨우 애들 모아서 차에 타면 누가 왔네 누가 안 왔네, 애들 찾으러 다니느라 진 다 빠지고 관람을 마치고 돌아올 때도 차에 타기만 하면 또 누가 왔네 안 왔네, 휴대폰을 잃어버렸네, 어쩌네. 작년인가 재작년인가에는 양말 잃어버렸다는 놈도 다 있었다. 아니, 신고 있던 양말이 왜 갑자기 없어지느냐고. 당연히 벗었으니까 없어졌겠지. 그래서 어디서 벗었느냐고 물어보면 벗은 적 없다고 난리였지……. 내가 지금 뭔 말을 하고 있는 거지. 아, 섬이 작아서 좋다는 말이었지. 아무튼 집합 시간은 세 시 삼십 분이다."

"선생님. 이렇게 작은 섬에 무슨 박물관이 있어요? 이 섬에서 삼국 시대 유물이라도 나왔나요? 아니면 고려 시대? 그것도 아니면 조선 시대?"

성지가 물었다.

"작년에 개관한 박물관인데 다른 곳에서는 볼 수 없고 오로지 아슬도에만 있는 풀과 꽃 그리고 나무 등 아슬도의 모든 것을 모아 둔 박물관이란다. 가만있어 보자. 그 뭐라더라? 맞아, 흙! 다른 지역에서 볼 수 없는 식물이 아슬도에 있는 건 아슬도만의 특별한 흙 때문이라고 하더라. 박물관에 가면 아슬도 흙에 대해 연구한 과정을 한눈에 볼 수 있다고 하더라. 내일 가게 될 수목원에서는 아슬도의 흙이 얼마나 거대한 힘을 가졌는지 알 수 있다고 한다. 수학여행을 왔으면 당연히 뭐라도 배우고 가야 할 거 아니냐? 세 시 삼십 분이다. 시간 지켜. 세 시 삼십 분이라고 말하면 꼭 네 시에 등장하는 사람이 있더라. 그러지 마라."

담임은 그런 반올림은 사절이라고 몇 번이나 강조했다.

담임이 나가고 나서 은우가 들어왔다. 은우는 들어오자마자 이미 끝낸 캐리어 정리를 또 했다. 창문으로 들어온 바람에 윤기가 흐르는 은우의 머리카락이 흔들렸다. 은우가 얼굴로 흘러내리는 머리카락을 쓸어 올렸다. 햇살에 비친 노란색 옷이 은우의 흰 얼굴과 잘 어울렸다.

'혁주도 은우가 자기를 좋아하는 거를 알고 있을까? 혁주도 은우를 좋아하는 걸까?'

문득 이런 생각이 들었다. 그러자 그렇지 않아도 어지럽게 흩어진 머릿속이 더 산만해졌다. 나는 생각을 떨쳐 내려고 자리에 누워 이불을 뒤집어쓰고 눈을 꼭 감았다. 세 시 삼십 분까지 자고 싶었지만 잠은 오지 않았다.

박물관 견학을 하며 교장 선생님은 만족해했다. 어디서도 볼 수 없는 귀한 것을 볼 수 있다면서 아슬도로의 수학여행은 탁월한 선택이라고 했다. 거기까지는 좋았는데 수학여행이 끝나고 학교로 돌아가면 아슬도의 흙 연구에 대해 보고 느낀 점과, 희귀 풀과 꽃에 대한 시험을 보라고 담임에게 지시했다. 백 점을 못 받으면 백 점을 받을 때까지 재시험을 보라고 했다. 수학여행을 왔으면 뭔가 확실히 남는 게 있어야 한다고 말이다. 담임은 휴대폰을 들고 다니며 교장 선생님 지시를 부지런히 메모했다.

박물관에 전시한 것쯤이야 봐도 좋고 안 봐도 그만이며 흙이든 돌이든 물이든 연구야 과학자들이 하는 것이지 나와 뭔 상관이냐는 듯 설렁설렁 팔자걸음으로 걸어 다니던 아이들은 시험이라는 말에 놀라 그제야 사진을 찍고 풀과 꽃 들의 이름, 모양, 색깔을 외우느라고 난리였다.

우정의 마침표

저녁을 먹기 전에 누가 모이라고 말하지 않았는데도 다들 호텔 마당에 모였다.

"승현아. 형님이 위로 한마디 해 줄까?"

기준이가 승현이 어깨에 손을 척 걸쳤다.

"뭔 위로?"

"네가 민주를 뽑았다가 뻥 차였잖아? 그거 너무 슬퍼하지 마라. 누군가 승현이 너를 뽑았을 텐데 걔가 너를 싫어하라는 법은 없잖아. 또 걔가 민주보다 못하라는 법 또한 없지. 그리고 세상은 공평하다고 했다. 민주 이름이 적힌 쪽지를 누군가 뽑았을 텐데 걔가 민주를 뻥 찰 수도 있지 않냐?"

분명 민주 들으라고 하는 소리였다.

"오호. 너 천재다. 어떻게 그런 생각을 다 했냐? 그 말을 들으니까 진짜 위로가 된다."

"그치, 나 천재지?"

승현이와 기준이는 손바닥을 부딪히며 킬킬거렸다.

"야. 진짜 유치해서 못 들어 주겠네. 내가 팔짝 뛰며 따지길 바라는 모양인데 나 아무렇지도 않거든. 마음 같아서는 너희 같은 유치한 애들 데리고 이벤트를 계속하고 싶은 마음은 없지만 우리 반 모두의 약속이라 참는다."

민주는 기분 나쁜 걸 애써 참으려고 하는 거 같았지만 목소리가 덜덜 떨렸다.

"민주 네가 먼저 잘못했어. 누가 봐도 그래. 약속대로 하자. 마음에 들지 않는 애를 뽑았다고 해서 티 내지 말고, 또 내가 뽑은 애가 나를 싫다고 한다고 해서 열 받아 하지도 말고 처음 약속대로 잘될 거 같은 커플이 눈에 띄면 밀어주자."

산들이가 나섰다.

"오호, 혹시 산들이 너? 크크크. 누구냐. 우리가 팍팍 밀어줄게."

승현이와 기준이가 산들이 옆구리를 찔러 댔다. 유치찬란해서 봐줄 수가 없었다. 사람을 만든 신의 실수다. 같은 나이임에도 불구하고 이렇게 정신 연령을 확실하게 차이 나게 만든 것은 완벽한 실수다. 또 오로지 나이가 같다는 이유 하나만으로 같은 공간에 넣고 싸잡아 같은 취급하는 것은 어른들의 실수다. 정신 연령을 확인해 보는 시험도 필요하다는 생각이 문득 들었다.

은우는 화단가 돌에 앉아 먼 하늘을 바라보고 있었다. 눈부시게 파랗던 하늘은 수억 개의 빨간 노을 조각을 털어 내며 회색으로 물들어 가고 있었다. 바람이 불자 낙화하던 노을 조각들은 사방으로 흩날렸다. 노을 조각들을 타고 비릿한 바다 냄새가 코끝을 밀고 들어왔다. 나는 표정이 어두운 은우를 외면했다. 우리는 끝났다. 그리고 그 마침표는 내가 아니라 은우가 찍었다. 다 은우 탓이다.

저녁을 먹을 때도 나는 은우가 보이지 않는 곳에 자리를 잡았다.

"연보라. 은우 저쪽에 있어."

민주가 참견했다. 나는 빨리 먹고 나가야 할 일이 있어서 입구 쪽에 앉았다고 변명했다. 민주가 가고 나자 이번에는 시은이가 다가와 왜 은우와 따로 앉았느냐고 물었다. 어떤 관계이든 시작보다는 끝이 더 복잡하다는 것을 다시 한번 실감했다. 시작을 할 때는 아무것도 없으니까 쉽다. 얽히고 얽힌 이야기도 없고 미움도 원망도 없다. 하지만 끝날 때는 다르다. 이렇게 주변 사람들까지 신경 써야 한다.

얼마나 시간이 지나야 은우와 내가 더 이상 친한 관계가 아니라는 것을 모두 다 알아줄까. 그날이 오기까지 내가 겪어 내야 할 일들이 새삼 힘들게 느껴졌다. 지금 이모도 그럴 거다. 그 남자와의 이별만으로도 이모는 충분히 고통스럽고 슬프다. 그런데 외할머니와 엄마 그리고 나한테 달달 볶이느라고 더 힘들 거다.

천천히 밥을 떠 입에 넣고 있는데 혁주가 식판을 들고 이쪽으로 다가왔다. 혁주는 바로 내 옆자리에 앉았다.

"뭐 하냐?"

어이가 없었다. 나는 다른 곳으로 가라고 나지막하게 말했다. 그때 내 머리를 스치고 지나가는 생각 하나가 있었다. 혹시?

"너 내 이름이 적힌 쪽지 뽑았냐?"

그렇지 않고서야 안 하던 짓을 할 리가 없다.

"혹시 그러면 그 쪽지 버려. 나는 네가 싫거든. 그것도 엄청."

나는 식판을 들고 일어나 뒤도 돌아보지 않고 잔반통으로 향했다. 그리고 거의 손을 대지 않은 밥과 반찬을 조금의 망설임도 없이 잔반통에 부어 버렸다.

"뭐 하니?"

교장 선생님 목소리가 뒤통수를 치는 순간 아차 싶었지만 이미 늦었다.

아이들이 밥을 다 먹고 식당에서 나갈 때까지 우리가 왜 음식 쓰레기를 줄여야 하는지, 왜 지구를 아껴야 하는지, 그동안 골백번도 더 들어 줄줄 외울 수 있는 이야기를 다시 들어야 했다.

"텔레비전에서 터전을 잃고 헤매는 북극곰을 본 적 있니?"

교장 선생님이 물었다.

"예."

북극곰 이야기 나올 줄 알았다.

"그걸 보고 무슨 생각을 했니?"

"사람의 이기심이요. 자기만 편하려고 온실가스를 마구 배출해 지구 온난화를 유발하고 다른 동물들을 죽음으로 몰아넣어요. 그리고 결국은 그 모든 것이 부메랑이 되어 사람에게 다시 돌아온다는 생각을 했어요."

이 말도 교장 선생님에게 수없이 들었던 말이다. 교장 선생님은 고개를 끄덕이며 가 보라고 했다.

미운 놈은 미운 짓만 골라 하는 법이다. 신기하게도 그렇다. 혁주가 내 옆에 오지 않았더라면 이런 일은 발생하지 않았을 거다. 수학여행까지 와서 이게 무슨 꼴이람. 그나저나 혁주는 진짜 나를 뽑았을까? 그러면 제발 그냥 포기해 주었으면 좋겠다. 이런 식으로 내 옆에 얼씬거리는 거 진짜 싫다.

나는 방으로 가지 않고 호텔 마당으로 나왔다. 해는 완전히 넘어갔고 호텔 마당에는 잔잔한 불빛이 흐르고 있었다. 아까 은우가 앉았던 돌 위에 자리를 잡고 앉았다. 은우가 바라봤던 먼 하늘도 까맣게 변해 있었다.

어둠은 눈에 보이는 것을 한순간 앗아 가지만 모든 것을 빼앗아 가기만 하는 거는 아니었다. 보이는 것을 빼앗아 간 대신 들리지 않던 것을 들리게 해 준다. 철썩거리는 파도 소리가 들려왔다. 그 소리는 낮에 들었던 소리와는 조금 달랐다. 조금 더 경쾌했고 조금 더 깊었다.

"수학여행 완전히 망쳤어."

물론 혁주를 좋아하는 은우 마음은 꼭 수학여행이 아니더라도 언젠가는 알게 되었을 거다. 하지만 수학여행이라서 더 화가 났다. 속상했다. 나는 시시껄렁한 그런 이벤트에는 관심이 없지만 사실 속으로 무척 설렜다. 수학여행에서 추억을 만들고 싶었다. 물론 그 추억 안에는 은우가 있어야 했다. 그런데 그런 기대는 다 날아갔다. 수학여행에 와서 은우와 끝나다니. 문득 콧날이 시큰해졌다.

'은우와 진짜 끝낼 수 있을까?'

이런 생각도 들었다. 한편으로는 두렵기도 했다. 매일 학교에서 은우를 만나면서 모른 척할 수 있을까? 은우와 눈이 마주쳤을 때 무심히 고개를 돌릴 수 있을까? 복도를 지나며 옷깃이 스치거나 손끝이 스치면 아무 일도 아니라는 듯 덤덤하게 받아들일 수 있을까? 자신이 없기도 했다.

'그래도 끝낼 거야.'

나는 약해지는 마음을 다잡았다. 은우는 약속을 저버렸다. 배신은 나쁜 거다. 우정이든 연애든 어떤 관계에서든.

'아, 몰라. 잠이나 자자.'

나는 자리를 털고 일어났다. 그때였다. 기준이와 승현이가 호텔에서 나왔다. 둘은 나를 보지 못한 거 같았다.

"다 불러 모아. 여자애들 눈치채지 못하게."

나지막한 기준이 말에서 뭔가 비밀의 냄새가 짙게 느껴졌다. 승현이가 안으로 들어간 후 나는 재빨리 호텔 벽에 붙어 섰다.

잠시 후 남자아이들이 하나둘 마당으로 나왔다. 혁주는 맨 마지막으로 나타났다.

"여기는 눈에 띌 수 있으니까 좀 더 안전한 곳으로 가자."

기준이 말에 남자아이들은 신속하게 더 어두운 쪽을 파고들었다. 나는 벽에 몸을 붙인 채 그쪽으로 몇 걸음 더 다가갔다.

"나는 눈치 봐 가면서 뭘 하는 거는 진짜 하기 싫어. 솔직히 눈치 봐 가면서 팽팽하게 밀당하는 거는 여자애들이나 잘하는 거지, 남자들은 그쪽으로 좀 약하잖아. 나는 벌써부터 그 이벤트 지겨워졌다. 흥미 없어졌다고. 아까도 그래. 며칠이나 회의니 뭐니 했는데도 민주 발끈하는 거 봤지? 공연히 그거 심각하고 진지하게 계속하다가는 감정 상해서 싸움 나게 생겼어. 그래서 말인데, 너희들 내 말대로 하면 어때? 누굴 뽑았는지 여기서 다 밝히고 진심 자기가 뽑은 애랑 커플이 되고 싶으면 고백하기. 그러면 우리 모두 힘을 합해 팍팍 밀어주기. 뭐 밀어줘도 안 되면 할 수 없는 거지만 그래도 최선을 다해 밀어주는 거지. 그리고 우리 다른 거 재미있는 거 찾아보자."

기준이 목소리였다.

"찬성. 솔직히 우리가 수학여행 와서 그것만 하다 갈 수는 없지. 할 게 얼마나 많은데."

"나도 찬성."

너도나도 찬성했다.

"그럼 나부터 말할게. 나는 성지 뽑았어. 하지만 나는 성지한테는 별 관심 없어. 절대 밀지 마."

기준이가 맨 먼저 고백했다.

"그럼 승현이는 민주를 뽑았고 기준이는 성지를 뽑은 거네. 나는 누구를 뽑았는지 말하기 전에 할 말이 있어. 아주 대단한 비밀이야. 아까 성지랑 민주가 속닥거리는 소리를 들었는데 민주가 나를 뽑았다고 하더라. 그런데 나는 민주한테 별 관심 없다. 혹시라도 민주가 나한테 잘해 주려고 하면, 승현아 내가 아주 보란 듯 뻥 차 주마. 너의 복수를 시원하게 해 주겠다 이 말이지."

산들이었다.

산들이 말에 승현이가 배를 잡고 넘어갈 듯 낄낄거렸다. 산들아, 솔직히 그동안 우리가 그렇게 친한 사이는 아니었지만 앞으로 잘 지내 보자, 유비, 장비, 관우만 복숭아나무 밑에서 형제 결의 맺는다는 법이 어디 있고 꼭 복숭아나무 밑이어야 한다는 법은 또 어디 있냐, 너랑 나랑은 오늘 아슬도에서 진정한 친구가 되자는 결의를 맺어 보자, 이러면서 말이다.

"산들이 너는 누구를 뽑았냐?"

기준이가 물었다.

"영서. 하지만 영서한테도 관심 없기는 마찬가지다. 나는 영서만 쳐다봐도 답답하거든. 말 없는 애는 진짜 별로야."

"이야, 산들이 너 생각보다 눈 높다. 영서 걔 의외로 인기 많은데. 1반에 천호도 영서 좋아하잖아. 나는 눈 높은 애가 좋더라."

승현이가 여전히 키득거리며 말했다.

그 뒤로는 목소리가 작아서 무슨 말을 하는지 알아들을 수가 없었다. 끝까지 듣지 않아도 남자아이들은 이미 이벤트에서 마음이 완전히 떠났다는 것을 알 수 있었다.

"야, 너희들 거기서 뭐 하냐?"

호텔 로비로 나왔던 민주가 어둠 속에서 속닥거리고 있는 남자아이들을 발견했다.

"우리? 아무것도 안 했는데."

남자아이들이 순식간에 뿔뿔이 흩어졌다.

남자아이들이 들어가자 이번에는 그 자리에 여자아이들이 하나

둘 모여들었다.

"은우하고 보라는 어디 갔어?"

민주가 말했다. 나는 재빨리 반대편으로 돌아 아이들이 있는 곳으로 갔다. 잠시 후 성지가 은우를 찾아왔다.

"조금 전에 남자애들이 여기 모여서 속닥거렸거든. 왜 그랬을까?"

민주가 물었다.

조금 전 보고 들었던 말은 모른 척하는 게 나을 거 같았다. 사실대로 말하게 되면 산들이가 했던 말도 해야 하는데 그 말을 들으면 민주가 어떤 반응을 보일지 뻔하다. 분을 참지 못해 당장 폭발할 거다. 큰 싸움이 일어날 수 있다. 그렇게 되면 최악의 상황이 발생할 수도 있다.

싸움이 일어나게 되면 담임이 알게 될 거다. 교장 선생님도 당연히 알게 될 거고, 그 순간부터 교장 선생님에게 달달 볶이게 되겠지. 졸업을 하고 나서도 교장 선생님은 두고두고 우리 이야기를 할 거다. 수업의 연장인 수학여행을 일탈의 기회로 알고 연애니 뭐니 운운하며 발칙한 수학여행으로 둔갑시킨 여러분의 선배들이 있어요, 우리 서영중학교의 역사상 가장 치욕적인 역사라고 말할 수 있어요, 이러면서 몇 회 졸업생이라는 것을 밝히는 것과 동시에 슬쩍 이름도 흘릴 가능성도 있다. 그런 역사에 이름을 올리고 싶지는 않다.

"설마 이벤트에 대한 모의를 한 거는 아니겠지? 서로 비밀을 공유하면서?"

나는 속으로 놀랐다. 민주의 촉은 정확했다.

"너는 우리 반 남자애들에 대해 너무 몰라. 우리 반 남자애들이 어떤 애들인 줄 아니? 여름 방학 끝나고 기준이가 발에 깁스하고 왔을 때 기억 안 나? 2반이랑 축구 대회인지 뭔지 할 때 선수 명단에 기준이를 골키퍼로 올렸잖아. 참 어이없지. 매일 보는 같은 반 애인데 어떻게 깁스하고 있다는 걸 까맣게 잊고 골키퍼로 올려? 기준이는 더했지. 자기가 깁스하고 있다는 것도 잊고 골키퍼를 수락했잖아. 나중에야 오줌 누러 간다고 일어나다가 '아, 내 다리' 이랬잖아. 그렇게 생각 없고 둔한 애들이 우리 반 남자애들이야. 그런 모의할 생각이나 하겠니? 절대 아니라고 봐."

시은이가 민주의 정확한 촉에 재를 뿌렸다. 잘난 척은 하지만 촉과 감각에 있어서 시은이는 민주의 발꿈치도 못 따라갔다.

"모여서 쓸데없는 얘기나 했겠지. 며칠 전에 수학여행 갈 때 술 가져가야 하는 거 아니냐고 모의들 하던데 그런 얘기 아닐까?"

"술? 교장 선생님한테 들키면 끝장인데."

"지들이 알아서 하겠지 뭐. 아무튼 술 얘기가 아니더라도 쓸데없는 얘기했을 거야."

시은이는 자기 추측이 맞을 거라고 못을 박았다.

선물을 가장한 폭탄

캐리어 깊숙이 넣어 둔 선물 상자가 눈에 띄었다. 깜박 잊고 있었다. 선물 상자를 집어 드는 찰나 은우가 방으로 들어왔다. 은우와 눈이 마주쳤다. 은우는 내 눈을 피해 선물 상자를 바라봤다. 잘못한 것도 없는데 공연히 가슴이 뛰었다. 나는 선물 상자를 주머니에 넣고 방에서 나왔다.

어둠이 깊어져서인지 파도 소리가 크게 들렸다. 나는 파도 소리를 따라 걸었다.

호텔 뒤쪽으로 좁은 길이 있었다. 양옆으로 이름을 알 수 없는 나무가 들어차 있었고 나무에서는 향긋한 냄새가 났다.

길은 구불구불했다. 드문드문 서 있는 가로등 불빛을 받은 길은 마치 미지의 세계로 들어가는 입구 같았다.

잠시 후 눈앞에 바다가 나타났다. 어둠이 펼쳐진 바다는 광활했다. 파도가 그 광활한 바다를 흔들고 있었다. 바람이 불자 비린내가 코밑을 밀고 들어왔다.

나는 모래밭에 앉았다. 축축한 바다 기운이 온몸을 휘감았다. 숨을 크게 들이쉬는 바로 그 순간 별빛을 받아 흔들리는 물비늘이 일렬로 서서 이쪽을 향해 서서히 밀려오고 있는 게 눈에 들어왔다. 처음에는 천천히 밀려오던 물비늘의 속도는 가까이 다가오자 빨라졌다. 물비늘은 육지에 닿으며 산산이 부서졌다. 은우 얼굴이 그 속에서 같이 부서졌다.

은우와 나 사이도 물비늘처럼 부서졌다. 광활한 바다에서 찬란하게 빛나던 물비늘처럼 나도 은우와 함께 늘 언제나 그 자리에서 빛날 거라고 믿었는데. 나는 단 한 번도 은우와 나의 우정이 흔적도 없이 사라질 거라고는 상상조차 하지 않았었다.

"휴우."

얼마나 시간이 지났을까. 엉덩이가 축축해졌다. 온몸이 으스스 떨리며 소름이 돋았다. 나는 자리를 털고 일어났다.

'으악.'

호텔로 돌아가려고 몸을 돌리는 순간 나는 비명을 질렀다. 아니 비명을 질렀다고 생각했지만 그 비명은 입 안에서 밖으로 나오지 못했다. 나는 밖으로 나오지 못한 비명을 꿀꺽 삼켰다.

10미터쯤 될까? 아니 그보다 약간 더 멀 수도, 더 가까울 수도 있다. 그곳에 검은 그림자가 서 있었다.

어떻게 해야 하지? 소리를 질러야 하나? 그러면 저 그림자가 나를 향해 달려오지 않을까? 살려 달라고 소리치며 울어야 하나? 아니면 뒤돌아서 뛰어야 하나? 수백 가지 생각이 한꺼번에 머릿속을 가득

메웠다. 하지만 어떤 행동도 할 수 없었다. 이미 내 몸은 내 몸이 아니었다. 얼음처럼 굳어 움직여지지 않았다. 후들후들 떨리는 다리로만 내가 살아 있다는 것을 알 수 있었다.

얼마 후, 검은 그림자가 뒤돌아섰다. 그러더니 뒤도 돌아보지 않고 성큼성큼 걸어갔다. 검은 그림자는 곧 어둠 속으로 사라졌다.

나는 제자리에 쪼그리고 앉았다. 그제야 눈물이 왈칵 쏟아졌다.

'빨리 돌아가야 해.'

또다시 검은 그림자가 돌아올지 모른다. 나는 쏟아지는 눈물을 닦고 일어나 달렸다. 마음은 급한데 다리가 말을 듣지 않았다. 그리 멀지 않은 길이 왜 그렇게도 멀게 느껴지는지 답답했다.

호텔 뒷문에 도착하고 나서야 나는 긴 숨을 내쉬었다. 살았다는 안도감이 들자 빳빳하게 굳은 근육이 서서히 풀렸다.

서둘러 호텔 마당으로 돌아서는데 누군가 마당 한쪽에 서 있었다. 가장 어두운 곳이었다. 흠칫 놀라 걸음을 멈췄다. 그러고 보니 조금 전 바다에서 봤던 그림자와 실루엣이 닮아 있었다. 잦아들었던 심장이 다시 폭발하듯 뛰었다.

서서히 그 사람이 돌아봤다. 불빛이 얼굴을 비췄다.

'혁주?'

혁주였다.

호텔 로비로 들어서다가 멈췄다. 좀 전에 바다에서 봤던 검은 그림자도 혁주?

나는 혁주에게 다가갔다.

"너, 좀 전에 저쪽 바다에 왔었니?"

"응?"

"호텔 뒤쪽 바다에 왔었느냐고?"

"응."

–짝!

혁주의 대답에 내 손이 저절로 혁주를 향해 날아갔다. 손바닥에 얼얼한 통증이 느껴지고 나서야 나는 내가 혁주 뺨을 때린 것을 알게 되었다. 혁주가 뺨을 어루만지며 나를 멍하니 바라봤다. 눈물이 왈칵 쏟아졌다. 생전 처음 느껴 봤던 낯선 공포와 두려움. 그건 무시무시했다.

"나를 봤으면 아는 척이라도 했어야 하는 거 아니니? 내가 얼마나 무서웠는 줄 알아? 심장이 터져 죽는 줄 알았다고."

사람이 쥐도 새도 모르게 죽을 수도 있고 감당할 수 없는 일을 당할 수도 있다는 것을 처음으로 느꼈었다.

휴지를 꺼내려고 주머니에 손을 넣는데 선물 상자가 만져졌다. 나는 선물 상자를 꺼내 혁주에게 내밀었다.

"뭐야?"

"몰라서 물어?"

혁주가 선물 상자를 천천히 훑어봤다. 놀라는 빛이 역력했다. 당연히 놀랐겠지. 며칠 동안 혁주는 내가 이걸 받은 줄 알고 있었을 테니까.

"이걸 왜……."

이걸 수학여행 와서 돌려받을 줄은 꿈에도 몰랐을 거다.

"나한테 고마워서 이런 짓을 했는지 모르겠지만 고마워하지 않아도 돼. 나는 네가 좋아서, 네가 걱정돼서 그랬던 게 아니니까. 그건……."

혁주 가방에서 받았던 그 감정을 어떻게 말로 표현해야 할지 알 수가 없었다. 아니 굳이 표현할 필요도 없을 거 같았다.

"내 양심을 팔아먹을 수가 없어서 사실대로 밝혔던 거야. 그러니까 너는 나한테 절대 고마워할 필요 없어. 이런 거 줘서 공연히 사람 불편하게 하지 마. 상대가 원하지 않는 선물은 선물이 아니라 폭탄이야, 알아?"

나는 선물 상자를 혁주 손에 쥐어 주고 돌아섰다.

'헉.'

심장이 덜컹 내려앉았다. 호텔 로비 입구에 은우가 서 있었다. 은우는 어디서부터 봤을까? 혁주 뺨을 때리는 거? 아니면 선물 상자를 돌려주는 거? 어디서부터 봤든 이상한 생각이 들기에 딱 좋은 그림이다. 오해하기 좋다는 말이다. 일이 왜 이렇게 복잡해지는지 알 수가 없었다. 뭐에 홀린 듯했다.

은우가 돌아서서 걸어갔다. 나는 은우가 엘리베이터를 타고 올라갈 때까지 그 자리에 서 있었다.

"네가 내 이름이 적힌 쪽지를 뽑았다면 버려. 나는 더 이상 유치한 이벤트 할 생각 없으니까."

나는 로비로 들어오는 혁주에게 말했다. 혁주는 아무 말도 하지 않았다. 진짜 나를 뽑은 거 같기도 했고 아닌 거 같기도 했다. 하지만 어느 쪽이든 상관없다. 내 뜻을 정확하게 전달했으면 끝이다.

몇 걸음 걸어가다 멈췄다. 혁주도 은우를 좋아하는 건지 물어볼까? 나는 곧 고개를 저었다. 그게 나와 무슨 상관이람. 나는 엘리베이터를 탄 다음 바로 닫힘 버튼을 눌러 버렸다.

방 안은 떠들썩했다.

"야. 연보라. 어디 갔다 오는 거야? 지금 우리 되게 중요한 회의하고 있는 중이었는데."

성지가 두 팔까지 벌리며 반겼다.

"무슨 회의?"

나는 파우치 정리를 하고 있는 은우를 힐끗 보며 일부러 목소리 톤을 높여 밝게 물었다.

"우리 반에 공식 커플이 탄생할 수도 있어. 그러기 위해서는 우리가 힘을 합해 팍팍 밀어줘야 해. 민주가 산들이를 뽑았는데 산들이랑 공식 커플이 되고 싶다고 좀 밀어 달래."

나는 성지 말에 내 귀를 의심했다. 민주가 산들이를 뽑았다는 말은 아까 이미 산들이에게 들었다. 하지만 민주가 산들이에게 관심이 있을 줄은 꿈에도 몰랐다. 평소에 민주를 봤을 때 결코 산들이 같은 아이를 좋아할 거 같지는 않았다. 나서기 좋아하며 은근히 잘난 척하는 민주에게 산만하고 나불대기 좋아하는 산들이는 영 어울리지 않는 아이다. 의외였다.

"산들이가 되게 귀여운 면이 있어. 내 이상형이 귀여운 스타일이 거든."

민주는 신나 보였다.

사람이나 음식이나 뭐든 겉만 보고 판단하면 안 된다는 말은 역시 진리다.

나는 볼까지 발그스름해져서 신나 하는 민주를 보며 한숨이 나왔다. 왜 이렇게 곤란하게 나는 내 의도와는 상관없이 비밀을 많이 알고 있는 걸까. 산들이는 승현이 복수를 대신해 준다고 큰소리쳤었다. 보란 듯 민주를 뻥 차 버린다고 말이다. 이 사실을 그대로 말해 줄 수도 없고 그렇다고 가만있을 수도 없고 곤란했다. 가만있으면 민주가 우스운 꼴이 될 수도 있다. 그런데 사실대로 말해도 민주가 우스운 꼴이 되긴 마찬가지다.

"산들이는 누구를 뽑았을까 그게 중요해. 만약 산들이가 자기가 뽑은 애한테 적극적으로 행동 개시하면 곤란하잖아."

성지가 말했다.

산들이는 영서를 뽑았다.

나는 영서를 바라봤다. 영서는 조용히 앉아 아이들 말에 귀를 기울이고 있었다. 산들이는 영서에게도 별 관심 없다고 했다.

'돌겠네.'

이럴 수도 없고 저럴 수도 없었다.

이렇게 골치 아픈 이벤트를 왜 만들어서 일을 이렇게 복잡하게 만드나, 생각하다 저절로 은우에게 눈이 갔다. 이 이벤트를 처음 말한 아이는 은우다.

"일단 민주와 산들이를 밀어주는 거에 모두 찬성하는 거지?"

성지가 아이들을 둘러봤다.

"진짜 유치해서 못 봐 주겠지만 모두가 약속한 거니까 약속은 지켜야지."

시은이가 말하자 너도나도 다 고개를 끄덕였다.

"은우 너는?"

성지가 물었다.

"찬성이야."

은우는 파우치에서 눈을 떼지 않고 대답했다.

"그럼 당장 내일부터 행동 개시야. 하긴 내일부터라고 해 봤자 내일 하루하고 돌아가는 날밖에 안 남았네. 적극적으로 밀어주자. 어떤 식으로 밀어주면 좋을까? 민주 너 생각해 놓은 거 있어?"

성지 말에 민주는 빙그레 웃었다. 이미 생각해 놓은 게 있는 눈치였다.

"밥 먹을 때 어떻게든지 내 옆에 산들이가 앉게 만들기."

"맞아, 맞아. 우리나라 사람은 밥 먹으면서 정이 든다고 하잖아."

성지가 맞장구쳤다.

"어딜 가든 나를 산들이 옆에 세우기."

"그것도 맞는 말이다. 옆에서 걸어가다가 힘든 척도 해. 그럼 가방도 들어 주고 팔도 잡아 줄 거 아니니?"

성지 말에 아이들이 까르르 웃었다.

유치찬란함은 점점 다양한 색깔의 옷을 덧입었다.

성지는 알고 있을까? 기준이가 성지를 뽑았는데 기준이는 성지에게 관심조차 없다는 걸 말이다. 당연히 모를 거다. 모르니까 저렇게 환하게 웃고 있는 거다. 성지도 기준이가 별로일 수도 있지만 그래도 자기를 별로로 여긴다는 사실을 알면 자존심 상할 거다.

"또 누구 밀어줄 사람 없어? 혹시 있으면 지금 다 말해."

"없다. 그만 자자."

성지 말이 떨어지기 무섭게 시은이가 대답했다.

"좋아. 그럼 내일부터 민주 옆에는 무조건 산들이 밀어 넣기다."

성지는 주먹으로 방바닥을 세 번 쳤다.

이불 속에서도 한참이나 깔깔거리는 소리가 들리다 한참 후에야 잠잠해졌다.

한밤중 친목 도모

잠이 오지 않았다. 나를 제외한 여섯 명의 숨소리 중에서 은우 숨소리를 찾아낼 수 있었고 그 소리가 유독 크게 들렸다. 캄캄한 공간에서 숨소리만 듣는데도 은우 얼굴이 자꾸 눈앞에 떠올랐다. 나는 양을 수백 마리 세다가 결국 방에서 나왔다.

마당에는 풀벌레 소리가 가득했다. 나름 박자를 맞춰 질서를 지키며 우는 풀벌레 소리는 귀를 기울이게 하는 묘한 중독성이 있었다. 나도 모르게 그 소리에 귀를 기울이고 있는데 문득 사람 목소리가 들렸다. 처음에는 잘못 들었다고 생각했다. 하지만 사람 목소리는 연이어 들렸다. 나는 숨을 죽이고 소리에 집중했다.

목소리는 그리 멀지 않은 곳에서 들렸다. 나는 살금살금 소리가 나는 쪽으로 걸어가다 멈춰 섰다. 아까 바다에서 느꼈던 공포가 밀려왔다.

그때 호텔 로비를 빠르게 나오는 사람이 있었다. 어깨를 구부정하게 숙인 그 사람은 다람쥐처럼 재빨리 이쪽을 향해 달려왔다. 나는 나무 뒤로 몸을 숨겼다. 내 앞을 후다닥 달려가는 사람은 승현이었다. 나는 승현이 뒤를 따라갔다.

"얘들아. 형님 왔다."

승현이가 나지막하게 말하자 어둠 속에서 검은 머리들이 불쑥불쑥 튀어나왔다.

"갖고 왔냐?"

"담임 확실히 자는 거 맞지? 확인하고 왔지?"

남자아이들이었다.

"갖고 왔지. 그리고 담임 확실히 자. 코 고는 소리가 완전 천둥소리 같다니까."

"교장 선생님은? 걸리면 담임보다 교장 선생님이 더 문제지."

"야. 교장 선생님 걱정은 꽉 붙들어 매라. 우리 할머니가 그러는데 사람은 나이가 들면 초저녁잠이 많아진다고 하더라. 우리 할머니는 여덟 시를 절대 못 넘기거든. 아까 저녁밥 먹고 나서 교장 선생님 안 보였잖아."

"맞아. 저녁 먹고 나서 못 본 거 같아. 두 병 다 가지고 왔냐?"

"응. 두 병 다 가지고 왔다."

이 한밤중에 사이다나 콜라를 나눠 마시려고 밤이슬 맞아 가며 숲에 숨어 저럴 리는 없다. 술이다. 술!

검은 그림자들이 승현이에게 하이에나처럼 몰려들었다. 금세 소란스러워졌다. 뚜껑이 안 열린다, 좀 열어 봐라, 여기서 마시려고? 조금 더 안으로 들어가서 마셔야 안전하지 않을까? 난리도 그런 난리가 없었다.

"나는 못 마셔. 방에 갈게."

혁주 목소리였다. 하지만 아이들은 순순히 혁주를 보내 주지 않았다. 같이 행동해야 뒷말이 없는 법이라면서 혁주에게 망을 보라고 했다.

"승현이 너희 엄마 완전 대박이다. 수학여행 가는 중학생 아들한테 술을 줘서 보내는 엄마가 대한민국에 몇 명이나 될까? 완전 개방적이야. 너희 엄마가 우리 엄마였으면 좋겠다."

"개방적인 게 아니라 다 이유가 있지."

산들이 말에 기준이가 키득키득 웃었다.

"사실은 있잖아."

기준이는 승현이 엄마가 집에서 담근 모과주를 두 병이나 승현이 캐리어에 넣어 준 사연에 대해 설명했다.

승현이는 형 신분증을 훔쳐 편의점에서 술을 사려다가 걸린 것이 여러 번이란다. 걸렸으면 조용히 죄송합니다, 하면서 꼬리 내리면 될 것을 제 성질을 못 이기고 편의점 아르바이트생과 싸움이 붙은 적도 있단다. 그래서 학교에 연락도 몇 번 갔다고 한다. 그런 이유로 승현이 엄마는 술이라는 말만 들어도 자다가 벌떡 일어날 정도로 노이로제에 걸렸고 생각을 바꿨단다.

아닌 말로 술이 마약도 아니고 옛 조상들의 말씀으로는 약주라고도 하는데 차라리 꼭 필요할 때는 집에서 먹이자는 결론을 내리게 된 거다. 신기한 것은 말리지 않고 마시고 싶으면 마시라며 코앞에

술을 가져다 바치니까 승현이가 달라졌다고 했다. 승현이 말에 의하면 마음대로 마셔도 된다고 생각하니까 술이라는 것이 그렇게 시시할 수가 없더란다.

수학여행을 오던 날 아침에 승현이 엄마는 혹시 모를 일에 대비해서 모과주를 병에 담아 챙겨 준 거다. 수학여행을 가면 쓸데없는 쪽으로 용기가 생기게 마련이고 또 옛날 버릇이 나올까 봐 걱정이 된 거다. 그러니까 술을 사려다가 걸리는 일이 발생할 수도 있으니 그 일을 방지한 거다.

"두 병 다 마실까?"

산들이가 물었다.

"그럼 입이 몇 개인데 한 병만 마시냐."

"에이, 그럼 내일 밤에는 어떻게 하냐? 홀딱 다 마시지 말고 좀 아껴 먹자."

의견이 둘로 갈라졌다. 다 마시자, 아니다 아껴 마시자, 잠시 옥신각신하더니 곧 한 병은 아꼈다가 내일 마시자는 쪽으로 결론을 냈다.

"좀 더 안전한 곳에서 마음 편히 마시자. 바다로 나갈까?"

기준이가 물었다.

"거긴 너무 멀어. 우리가 바다를 구경하려는 것도 아니고 그냥 여기서 마시자."

"야, 그래도 바다에서 마시면 더 좋지 않냐?"

또 의견이 갈라졌다. 결론은 빨리 마시고 들어가자는 쪽으로 났다. 혁주가 망을 보고 나머지는 나무가 우거진 곳으로 들어갔다. 기준이는 혁주에게 술 한 병을 들고 있으라고 말하면서 누가 나타나면 기침으로 신호를 보내라고 했다.

'이벤트 말고도 할 일이 많다더니 바로 저런 거였구나.'

하긴 그런 이벤트보다야 이런 게 훨씬 더 재미있을 수도 있다. 진취적이고 건설적이지는 못하지만 밀당도 필요 없고 사람 감정 상하게 하는 일도 없으니까.

그때였다. 발자국 소리에 고개를 돌렸다. 호텔 쪽에서 누군가 걸어오고 있었다. 이곳저곳을 살펴보며 걸어오는 실루엣, 잠시 서서 귀를 기울이는 듯한 저 실루엣이 낯익었다. 담임이었다.

혁주와 나 사이는 불과 2, 30미터 정도. 여기에서 까딱 잘못했다가는 공범으로 몰릴 확률 백 퍼센트였다. 그렇다고 해서 달리 빠져나갈 곳도 없었다. 길은 외길이었고 꼭 빠져나갈 곳을 택하라면 약간의 높이가 있는 턱을 내려가면 나오는 숲이었다. 하지만 짙은 어둠이 가득한 숲으로 뛰어들 용기가 없었다. 나는 재빨리 판단했다. 허리를 숙이고 다람쥐처럼 빠르게 혁주에게 갔다. 나를 본 혁주가 입을 벌리려는 찰나 나는 손으로 혁주 입을 틀어막았다.

"담임이야."

–콜록

혁주는 생각보다 빨랐다. 내 말이 떨어짐과 동시에 기침을 해서 신호를 보냈다. 하지만 숲에서는 아무 반응도 없었다. 여전히 홀짝홀짝! 카약! 소리만 들렸다.

혁주가 다시 한 번 콜록! 기침을 하는 바로 그 순간 담임이 어느

새 옆에 와 서 있었다. 담임은 검지를 혁주 입에 댔다.

"야. 신호 소리 안 들렸냐?"

한 박자 늦게 숲에서 기준이 목소리가 들렸다.

"혁주야. 신호 보냈냐? 누구 오냐?"

"응."

담임이 대답했다.

"누구?"

"담임."

"아씨, 빨리 도망가자. 술병 버려."

담임이 온다는 말에 숲은 소란스러워졌다.

"야, 조금 남았는데 아깝잖아. 마저 마시고 가자."

"그럼 빨리 한입에 털어 넣어."

가지가지 했다. 다 버리고 당장 나와도 문제가 심각할 판에 마저 마시고 가자니. 나는 슬쩍 담임 얼굴을 바라봤다. 어둡기는 했지만 잔뜩 일그러진 모습이 한눈에 들어왔다.

"야, 한입에 털어 넣으라고 했다고 진짜 네 입에 다 털어 넣으려고 하냐? 나도 한 모금 줘라. 아 진짜 의리 없는 새끼."

술 한 모금에 의리를 운운하며 싸우기까지 했다.

"선생님."

이 아이들과 엮이는 끔찍한 일이 발생하면 그야말로 끝장이라는 생각이 들었다.

"쉿."

담임이 이번에는 내 입에 검지를 댔다.

"저는 아니에요."

나는 목소리를 있는 대로 낮춰 말했다.

"저는 애들하고 상관없다고요. 그러니까 술을 마시는 거 하고 상관없다는 얘기예요. 저는 잠이 오지 않아서 나왔을 뿐이라고요."

말을 하고 있는 그때 숲을 헤치고 다들 튀어나왔다. 담임과 마주한 아이들은 거의 기절 직전이었다.

"서, 선생님. 아, 안녕하세요."

앞장서서 나왔던 기준이가 엉겁결에 허리를 구십 도로 굽혀 인사를 했다. 그러자 다른 아이들도 허리를 굽혔다.

"나를 알아보고 인사를 하는 거 보니 술이 취하지는 않은 모양이군. 아니지, 이 상황에서 깍듯하게 인사를 하는 걸 보니 취한 건가? 그나저나 이 한밤중에 친목 도모하시느라 참으로 바쁘시겠습니다. 어떻게 술자리는 즐거우셨습니까?"

"선생님. 그게 아니고요."

산들이가 재빨리 달려와 담임 팔을 잡았다.

"과일주를 드셨나 봅니다. 아주 향긋한 냄새가 진동합니다."

"그게 아니고요, 선생님."

산들이는 담임 팔을 잡은 채 간절하게 말을 이어 갔다.

승현이 엄마가 담근 과일주로 술은 아주 조금 들어간 그야말로 과일 효소에 가까운, 술이라고 부르기도 미안한 음료수라고 했다. 담임은 누가 뭐라고 했느냐며 몸에 좋은 과일 효소 같이 맛 좀 보자면서 혁주가 들고 있는 술병을 낚아챘다.

"선생님. 한 번만 봐주세요."

남자아이들은 그제야 단체로 담임 앞에 납죽 엎드렸다.

"나도 그냥 눈감아 주고 싶은 마음이 굴뚝같다. 이런 일이 생기면 나도 아주 난처하거든. 골치도 아프고 말이다. 아마 교장 선생님이 동행하지 않았다면 이 정도야 봐줬을 거다. 아닌 말로 선생이 보는 앞에서 술을 처마신 것도 아니고, 그래도 선생 눈에 띌까 봐 숲에 숨어서 마신 그 갸륵한 정성을 봐서라도 봐줬을 거다. 그런데 말이다. 따지고 보면 나도 불쌍한 직장인 아니냐. 보고해야 할 게 있으면 성실히 보고해야지. 공연히 너희들 봐준다고 비밀로 했다가 나중에 이 사실을 교장 선생님이 알게 되면 그 뒷감당 어떻게 하라고. 으으, 생각만 해도 끔찍하다."

담임은 쌩하니 술병을 들고 호텔로 들어가 버렸다.

"보라, 너는 여기 왜 있냐?"

담임이 들어가고 나서야 남자아이들이 나를 발견했다.

"오호. 보라 네가 담임을?"

승현이가 말도 안 되는 소리를 했다.

"뭔 소리야? 잠이 안 와서 나왔다가 우연히 본 거야. 그리고 담임이 나온다고 알려 준 건 나거든. 혁주가 신호를 보냈는데도 너희들이 못 알아들은 거고. 뭘 알고나 말해."

나는 펄쩍 뛰었다.

"담임을 봤으면 좀 더 빨리 알려 줬어야지."

승현이가 나를 원망하기까지 했다. 뭐라고 한마디 쏘아붙이려다 참았다. 지금 그게 문제가 아니다.

"한 가지 부탁하자. 내가 너희들을 구하려다 괜한 오해를 사게 생겼거든. 내일 담임하고 교장 선생님한테 나는 아니라고 말 좀 해 줘."

나는 몇 번이나 다짐을 주었다. 하지만 자기들 살 궁리를 하느라 그런지 남자아이들 대답은 영 시원치 않았다.

오해하기 딱 좋은 우연들

머리가 깨질 듯 아팠다. 밤새도록 뒤척이다 새벽에 잠깐 잠이 들었는데 그 잠깐 동안 악몽에 시달렸다. 얼굴이 없는, 앞뒤 모두 뒷모습인 괴물에게 쫓기는 꿈이었다. 괴물은 교장 선생님 옷을 입고 있었다.

"연보라. 빨리 나와. 아침 식사 시간이야. 늦으면 교장 선생님이 쫓아 들어올지도 몰라."

–쾅!

성지 목소리와 문 닫는 소리가 함께 들렸다. 그리고 귀가 멍할 정도로 고요가 찾아왔을 때야 정신이 들었다. 겨우 일어나 대충 옷을 찾아 입고 엘리베이터를 탔다.

엘리베이터 문이 열리고 밖으로 나서려던 나는 걸음을 멈췄다. 남자아이들이 식당 앞에 일렬로 서 있고 교장 선생님이 뒷짐을 지고 그 앞을 왔다 갔다 하고 있었다.

"보라야."

성지가 나를 발견하고 달려왔다.

"너 진짜야?"

성지는 나를 엘리베이터 안에서 끌어 내리며 물었다. 아이들 눈이 모두 나를 향했다. 그 눈빛들을 보는 순간 모든 것이 다 한 번에 정리되었다. 담임은 어젯밤 사건을 교장 선생님에게 말한 거고 거기에는 내 이름도 들어 있었다.

"마침 오늘 아침 국이 북어콩나물국이더군요. 학생 여러분이 어젯밤 술 한잔 한 걸 식당 영양사가 아주 용케도 알았나 봅니다. 원래 식단표에는 콩나물된장국이었는데 갑자기 북어콩나물국으로 바뀐 걸 보면 말이지요. 해장에는 된장국보다야 북엇국이지요. 안 그런가요? 경험도 꽤 많을 텐데 뭐라고 대답해 보지요."

교장 선생님은 담담하고 차분한 말투였다.

"교장 선생님. 보라 왔어요."

성지가 나를 남자아이들 줄 끝에 세웠다.

"야, 보라 너 어떻게 된 거야? 어젯밤에 잘 때 분명 같이 있었잖아. 우리가 잠든 사이 나갔던 거야? 남자애들하고 술 마시러? 와! 완전 대박! 연보라가 그랬단 말이지? 이 믿을 수 없는 일이 사실이란 말이지. 아무리 그래도 나는 도무지 믿어지지가 않네."

시은이는 팔짱을 끼고 고개를 좌우로 흔들며 말했다. 믿어지지 않는다는 말은 나를 믿어 준다는 말과 같다. 그렇다면 내 편을 들어 주는 거? 하지만 편을 들어 주는 목소리는 아니었다. 남자아이들과 술을 마시러 혼자 몰래 나가는 앙큼한 아이 취급하는 거? 맞다, 그

거다. 나는 시은이를 쏘아보려고 고개를 돌리다 은우와 눈이 마주쳤다. 은우가 먼저 눈을 피해 주었다.

"교장 선생님. 저는 아니에요."

나는 교장 선생님을 똑바로 바라봤다.

"뭐가 아닌가요?"

아, 목소리가 왜 저렇게 다정한 건지. 다정하니까 더 무서웠다.

"술을 마시지 않았다고요. 술 마시려고 거기 간 것도 아니고요."

"교장 선생님."

그때 담임이 나섰다.

"보라는 잠이 안 와서 나온 거라고 어제부터 말하고 있습니다. 저도 그 말이 맞는 거 같습니다만, 같은 장소에 있었는데 혼자만 빼 주자니 어쩐지 찜찜해서 말씀드렸던 거지요. 현장에 같이 있었던 것은 사실이니까요. 그리고 술을 마시지 않았다는 말은 백 퍼센트 확실한 사실입니다. 혁주랑 보라는 마시지 않았습니다. 혁주는 술병을 들고 망을 보는 거 같았고 보라는 혁주 옆에 있었으니까요."

나는 그때 봤다. 은우의 눈빛이 매섭게 번쩍이는 걸. 담임 말에 은우 눈빛만 번쩍인 것이 아니다. 민주 눈빛도 성지 눈빛도 번쩍거렸다. 민주와 성지는 서로를 마주 봤다. 민주가 성지를 향해 어깨를 으쓱 올려 보였다. 그러자 성지가 고개를 끄덕이고 시은이가 피식 웃었다. 민주와 성지 그리고 시은이가 눈빛으로만 주고받는 말이 무슨 말인지 알 수 있었다. 셋은 나와 혁주를 의심하고 있는 거다.

갈수록 태산이다. 길 한복판에 가만히 서 있었을 뿐인데 멀쩡하던 길이 갑자기 수렁으로 변해 내 몸을 서서히 빨아들이고 있는 기분이었다.

"일단 속도 쓰릴 텐데 해장국에 밥부터 말아 드시지요. 이 문제는 학교에 돌아가서 부모님들과 함께 머리를 맞대고 진지하게 이야기를 나눠 보도록 하고 말이지요."

"교장 선생님. 저는 아니라고요. 저는 잠이 안 와서 나갔다가 우연히 거기에 가게 된 거라고요."

일단 그 점을 분명히 하고 싶었다. 그래야 아이들이 이상하게 생각하는 혁주와의 오해도 풀리게 될 거다.

교장 선생님은 내 말을 믿는다 믿지 않는다, 대답도 없이 식당으로 들어가 버렸다.

"나는 죽었다. 나는 엄마 아빠보다 우리 형이 더 무섭다. 아마 이 사실을 형이 알면 살아남지 못할 거야."

기준이가 아랫입술을 잘근잘근 깨물었다.

"나도 알지. 기준이 형 무서운 거. 기준이 형이 합기도랑 태권도, 유도에 공수도까지 두루두루 유단자잖아. 주먹이 이만 해."

승현이가 두 팔을 벌려 원을 그렸다. 기준이 얼굴색이 더 어두워졌다.

"야, 야. 좀 더 긍정적으로 생각하자. 우리가 술을 사서 마신 것도 아니고 승현이 엄마가 줘서 마신 거잖아. 집에 가서는 술을 조금도 넣지 않은 천연 효소라고 하자. 그렇게 밀어붙이자고. 아마 믿어 줄 거다. 승현이 엄마가 보냈다는 건 사실이고 엄마가 중학생 아들한테 설마 진짜 독한 술을 들려 보냈을 거라고 믿지는 않을 거 아니냐. 승현아. 네가 너희 엄마한테 효소를 보냈다고 말해 달라고 하면 안 되냐? 너희 엄마도 단박에 찬성할걸? 그러면 모든 게 다 깨끗하게 해결되는 거야."

산들이 말에 남자아이들은 단 일 초 만에 똘똘 뭉쳤다. 똘똘 뭉친 아이들은 또 단 일 초 만에 모든 것을 해결한 듯 밝은 얼굴이 되었다.

"그건 불가능해."

초스피드로 긍정적으로 끝낸 일에 혁주가 초를 쳤다.

"내가 들고 있는 술을 담임이 빼앗아 갔어."

"아, 맞다. 깜박했네. 에이, 이럴 줄 알았으면 다 마셔 버리는 건데. 증거가 남았네. 장난 아니게 독하던데."

장난 아니게 독하다는 기준이 말에 정신이 번쩍 들었다. 그런 술을 같이 마신 거로 되면 안 된다.

"너희들이 교장 선생님께 잘 좀 얘기해 줘. 나는 너희들하고 어울렸던 게 아니라는 걸 확실히 밝혀 달라고. 억울해서 미치겠다고."

"야, 연보라. 아까 담임 말하는 거 보니까 담임은 너를 철석같이 믿는 눈치던데 뭘. 담임이 알아서 해 주겠지. 너가 뭔 걱정이냐, 우리가 문제지. 야, 밥이나 먹으러 가자. 밥까지 굶을 수는 없지 않냐. 배가 불러야 야단을 맞아도 덜 힘든 거다."

산들이가 내 어깨를 치고 지나갔다.

밥을 먹고 싶은 생각은 눈곱만큼도 없었지만 그럴 수는 없었다.

이런 때일수록 교장 선생님이나 담임 눈에 띄는 일은 하지 않는 게 현명하다.

밥이 모래알보다 더 까끌까끌했다. 비릿한 콩나물 냄새에 구역질도 났다. 담임과 마주 앉아 밥을 먹고 있는 교장 선생님의 뒷모습이 보였다. 재빨리 일어나 잔반통으로 내달려 밥을 버리고 호텔 마당으로 나왔다.

"나 좀 봐."

은우가 어느새 따라왔다.

"나는 너하고 볼일 없는데?"

나는 매몰차게 말했다.

"물어볼 말이 있어. 잠깐이면 돼."

은우가 내 팔을 잡았다. 팔까지 잡는데 뿌리칠 정도로 냉정할 수는 없었다.

은우를 따라 호텔 뒤쪽으로 갔다. 어젯밤 두 번이나 걸었던 길이 눈앞에 훤하게 펼쳐졌다. 밤에는 좁고 구불구불한 길이었다. 거리도 퍽 멀게 느껴졌었다. 하지만 한눈에 보이는 길은 평평하고 꽤 넓었다. 남자아이들이 술을 마시기 위해 파고들었던 곳이라 추정되는 곳도 숲이라고 부르기에는 민망할 정도로 나무 몇 그루만 서 있을 뿐이었다. 어제 극도의 공포와 두려움에 떨던 바다도 한가로운 모습으로 멀지 않은 곳에 펼쳐져 있었다.

은우는 쉽게 입을 열지 못하고 머뭇거렸다. 무슨 말이 나올 듯 말 듯 입을 오물거리기만 했다. 그렇게 몇 분 정도 망설이다 결심을 했는지 두 눈을 똑바로 뜨고 나를 바라봤다.

"일부러 그러는 거야? 아니면 원래 그랬던 거야?"

"뭔 말이야?"

"일부러 그러는 거냐고. 아니면 원래 그랬던 거야?"

조금 전 질문과 똑같았다.

"알아듣게 좀 말해. 내가 이런 식으로 물어보면 넌 대답할 수 있겠어?"

내 스스로 생각해도 내 목소리는 얼음보다 차가웠다.

"혁주……. 내가 혁주를 좋아한다고 하니까, 잘해 보고 싶다고 하니까 그래서 일부러 나 보란 듯 혁주랑 친한 척하는 거야? 아니면 너랑 혁주랑 원래 좋아하는 사이였던 거야?"

"도대체 무슨 말이야?"

"다 봤어. 어제 점심 때 혁주가 네 옆에 앉는 거, 그리고 밤에 혁주랑 네가 같이 있는 거, 네가 혁주 뺨을 때리는 거, 선물을 주는 것까지 다 봤어. 아무 사이도 아닌데 뺨을 왜 때려? 그리고 뺨을 때리고 난 뒤 밤에 왜 혼자 몰래 나가서 혁주랑 같이 있었어? 나는 분명히 알고 싶어. 보라 네가 나를 속인 거였는지 아니면 내가 너를 배신한 거 같으니까 일부러 그러는 건지. 나한테는 아주 중요한 문제야."

"미치겠네."

너무 억울해서 심장이 터지려고 했다. 어디서부터 어떻게 설명해야 할지 머리가 뒤죽박죽이었다.

은우가 두 손으로 얼굴을 박박 문질렀다. 은우 손목에서 팔찌가 흔들렸다.

은우가 본 모든 것은 그냥 우연이었다. 우연이긴 우연인데 생각해 보면 은우가 오해하기 딱 좋은 우연들이었다.

나는 신기했다. 다른 때는 전혀 일어나지도 않던 우연들이 왜 어제 하루에만 연달아 일어났는지 말이다. 어떻게 설명해야 은우가 그 우연을 그대로 믿어 줄지 모르겠다.

"나는 혁주한테 관심 없어."

이 말만큼 적절한 말은 없을 거 같았다. 구구절절 변명을 늘어놓는 것이 차라리 더 위험하다. 은우의 의심을 더 크고 넓게 만들 수도 있다.

"나는 혁주에게 관심 없다고."

나는 다시 한번 힘주어 말했다.

"그럼 내 마음을 불편하게 하려고 일부러 그런 거야?"

"일부러도 아니야. 너한테 보여 주려고 일부러 남의 뺨을 때리는 일은 하지 않아. 혁주도 이유 없이 맞았으면 가만있을 리 없잖아."

"그럼 왜 혁주를 때렸는지 나한테 말해 줄 수 있어? 선물 상자는 또 뭐고?"

나는 어젯밤 바다에서 우연히 혁주를 봤고 혁주인 줄 몰랐다가 나중에 호텔에 와서야 혁주인 것을 알고 난 뒤 두렵고 무서웠던 마음이 분노가 되어 나도 모르게 혁주를 때렸다고 말했다. 그리고 혁주를 학폭의 가해자에서 구해 내 준 것을 간단하게 이야기했다.

"남자애들이 술 마실 때 왜 같이 있었는지는 아까 내가 말하는 거 들어서 알지?"

그건 꼭 설명할 필요가 없을 거 같았다. 그런데 은우가 고개를 저었다.

"무서웠다면서 또 왜 밖에 나갔어? 그리고 굳이 왜 다시 그 길로 나가?"

의심은 의심을 낳았다. 의심에 한번 꽂히면 거기에서 벗어나기는 쉽지 않다. 나도 그런 경험이 있다. 누군가를, 뭔가를 의심했을 때 웬만한 변명으로는 그걸 시원하게 벗겨 내기는 힘들다. 은우가 미웠지만 은우를 그 의심 안에서 허우적거리게 하고 싶지는 않았다. 적어도 일 년 넘게 절친으로 지낸 의리다.

"너를 보면서 지금 이 순간 내 결심이 더 단단해지고 있어."

그렇다고 해서 순순히 말해 주고 싶지는 않았다. 그러기에는 내 자존심이 상했다.

"딱 우리 이모를 보는 거 같거든. 도대체 뭐에 홀렸는지 자기 생각에 빠져서 남의 말은 믿지 않으려고 하는 게 우리 이모랑 똑같아. 우리 외할머니나 엄마는 직접 보지 않아서 잘 모르겠는데 이모는 내가 처음부터 끝까지 다 봤거든. 나는 너와 친구로 지내면서 믿음을 제일 중요하게 생각했고, 그건 너도 알 거야. 그런데 지금 누가 네 눈을 가리고 있는 거 같아. 은우 네가 너무너무 불쌍해. 이렇게 혁주한테 집착하고 있는데 나중에 혁주한테 배신이라도 당하면 어떻게 하나 너무 걱정돼. 밥 먹을 때 혁주가 왜 내 옆에 앉았는지 나도 모르겠어. 밤에 무서웠던 그 길을 다시 간 거는 승현이가 술병을 들고 가는 거를 봤기 때문이야. 승현이를 보지 않았다면 거긴 안 갔을 거야. 나는 너에게 숨긴 거 하나도 없어. 내 말을 믿든 말든 네 마음대로 해. 어차피 우리는 절교를 했고 네가 어떻게 생각하든 말든 나하고는 이제 상관없으니까."

나는 은우를 두고 방으로 들어와 버렸다. 시원하게 다 말하고 왔는데 기분은 시원하지 않았다. 시원하기는커녕 울고 싶을 정도로 찜찜했다.

비옷 이벤트

수목원에 도착했을 때 빗방울이 떨어졌다. 오 분 전 호텔 버스를 타고 출발할 때까지만 해도 하늘은 한없이 높고 파랬었다. 오늘 일기 예보에 비 소식은 없었다. 그런데 호텔 매니저가 기상청 직원보다 정확했다.

"오늘 비가 내릴 겁니다. 비옷을 도시락과 함께 넣었습니다."

호텔 매니저가 버스에 올라와 말할 때만 해도 다들 코웃음을 쳤었다.

"비가 내리면 이벤트가 시작될 겁니다. 비옷을 꺼내는 순간 그 이벤트가 뭔지 알 수 있을 거고요. 아, 선생님들께서는 이 이벤트에 너무 과한 반응은 보이지 말아 주셨으면 합니다. 저희 아슬도, 아니 사랑도로 수학여행을 왔으니 손님을 맞이하는 주인 입장에서 이벤트 하나는 준비해야 하지 않겠습니까? 그냥 재미로 하는 이벤트이거니 생각해 주시기 바랍니다. 그럼 잘 다녀오십시오."

아이들은 이벤트라는 말에 혹해서 무슨 이벤트냐고 물었지만 호텔 매니저는 비옷을 꺼내게 되면 알게 될 거라는 말만 남기고 버스에서 내렸다.

"선생님. 비옷 좀 꺼내 보면 안 될까요? 궁금해서 못 살겠는데요."

기준이는 당장이라도 비옷을 꺼내 보자고 했다가 담임에게 한 소리 들었다. 지금 네가 그런 것에 신경 쓸 상황은 아닌 거 같다면서, 수학여행에서 돌아가면 부모님이 충격받지 않게 어젯밤 사건을 어떤 식으로 전할까 그걸 신경 써야 하지 않겠냐고, 생각 좀 하고 살라고 했다.

"그리고 말이다. 내가 여행을 많이 다녀 봤는데 귀찮아하는 성격 탓에 거의 대부분 패키지여행이었지. 호텔 측이나 여행사 측에서 가끔 이벤트 하는 걸 보면 거의 다 그저 그렇더라. 기대하지 말고 네 일에 신경 쓰라는 말이야."

"하긴 모든 이벤트라는 것이 알고 보면 다 시시하더라고요."

승현이가 말했다.

그런데 정확하게 오 분 뒤 거짓말처럼 비가 빗방울이 떨어지기 시작했고 시시하다고 여겼던 이벤트에 다들 급관심을 보였다.

"앞을 내다보는 예지력이 있는 호텔 매니저가 만든 이벤트라면 뭔가 다를 거 같지 않냐?"

산들이가 속삭이는 말이 발화점이 되어 너도나도 빨리 비옷을 달라고 재촉했다. 담임은 도시락과 비옷이 들어 있는 종이 가방을 하나씩 나눠 줬다. 도시락은 가방에 넣고 비옷을 펼쳐 들었다.

우정이면 어떻고 사랑이면 어떻습니까? 두 분의 운명적인 만남을 축하합니다. 오늘의 단어는 '우정'과 '사랑'입니다.

비옷이 담긴 비닐봉지에는 이런 쪽지가 붙어 있었다.

"이게 뭐냐?"

누가 먼저랄 것도 없이 동시에 나온 말이었다.

각자의 비옷에는 각각 자음이나 모음 하나씩 찍혀 있었다. 나는 자음 'ㅅ, ㄹ' 이었다. 그리고 한참 아래쪽에 'ㅇ' 이 하나 더 찍혀 있었다.

"아하. 알겠다."

아이들이 비옷을 들고 상황 판단을 하고 있는데 담임이 큰 깨달음을 얻은 듯한 탄성을 질렀다. 버스가 떠나갈 정도로 큰 목소리로 보아 비옷에 새겨진 자음과 모음의 확실한 뜻을 아는 거 같았다.

"허 선생님. 아이들 재미를 위한 건데 어른은 참견하지 않았으면 좋겠습니다."

교장 선생님이 미간을 찡그렸다.

"선생님. 뭔데요. 말해 주세요."

산들이가 물었다. 하지만 담임은 입을 꾹 다물었다.

"아하."

잠시 후 시은이가 담임과 비슷한 소리를 냈다.

"자음과 모음을 합해서 단어를 만드는 거야. 단어가 맞아떨어지는 두 사람이 오늘 운명적 만남이 되는 거지. 우정이나 사랑 둘 중에 하나."

"오호, 그렇게 깊은 뜻이! 여기에 오면 다 알아서 해 주는 건데 공연히 며칠씩 회의해 가면서 이벤트 만들었네. 나는 모음 'ㅟ, ㅗ'다."

기준이가 들떠서 말하자,

"너는 아니다."

시은이가 잘라 말했다.

"자, 자. 내가 싹 정리해 줄게. 사랑이나 우정 두 단어의 모음이나 자음이 박힌 비옷 가지고 있는 사람 손 들어라."

시은이가 나섰다.

나는 은우가 들고 있는 비옷을 힐끗 바라봤다. 은우와 절교를 하겠다고 마음먹었지만 계속 흔들리고 있다. 만약 지금 운명처럼 은우가 모음 'ㅏ, ㅏ'가 박힌 비옷을 들고 있다면 진짜 운명으로 받아들이고 절교에 대해 다시 한번 생각해 보고 싶은 마음이 문득 들었다. 그런데 은우가 들고 있는 비옷에는 모음 'ㅐ, ㅚ' 가 박혀 있었다.

'그래, 세상에 운명적인 게 어디 있어?'

나는 비옷을 대충 접어 비닐봉지 안에 넣었다.

'우정' 단어의 퍼즐은 승현이와 산들이었다.

"와, 이거 진짜 신기하다. 나랑 승현이가 아슬도에서 진정한 친구가 되기로 찰떡같이 약속한 거를 어떻게 알고 이렇게 되냐? 진짜 운명적인 만남 맞다. 승현아. 우리 죽을 때까지 우정 변하지 말자."

산들이는 승현이 손을 잡고 감격의 목소리로 말했다. 운명적인 우정인지 어떤지는 모르겠지만 운명의 장난인 거는 맞는 거 같다. 여자

아이들은 오늘 민주와 산들이를 공식 커플로 만들기 위해 대대적인 활동을 적극적으로 개시할 거다. 하지만 그건 맨손으로 하늘을 날아가는 새를 잡으려는 허무한 행동일 뿐이다. 산들이와 승현이가 운명적인 우정을 시작하는 이 마당에 산들이와 민주는 절대 공식 커플이 될 수 없다. 승현이의 복수를 대신해 주겠다고 큰소리치던 산들이었다.

'민주 어떡하지.'

내가 민주 걱정을 다 하는 상황이 발생했다. 민주, 진짜 불쌍하다.

시은이는 '사랑' 퍼즐을 맞추려고 자음과 모음을 찾았다. 나는 대답하지 않았다. 모음이 적힌 비옷을 가진 사람도 나오지 않았다. 모음이 나오지 않는 거를 환영하면서도 한편으로는 이상했다. 누굴까. 누구인데 모음을 가지고 있으면서도 밝히지 않는 걸까. 누구인지 모르지만 나와 비슷한 생각을 가졌다고 생각했다. 나는 버스 안을 둘러봤다. 누군지 감이 오지 않았다.

"빨리들 마무리하고 수목원 들어가도록 합시다."

교장 선생님이 재촉했다.

"야, 비옷 입으면 당장 알 수 있는 건데 뭘 애타게 찾냐. 다들 비옷 입고 내려."

담임이 자리에서 일어나며 말했다. 아차, 그 생각을 미처 하지 못했다.

나는 창밖을 바라봤다. 빗방울은 점점 굵어지고 있었다. 비옷을 입지 않을 상황이 아니었다. 그렇다고 자음을 떼어 버릴 수도 없다.

그러면 당연히 의심을 받을 테니까. 비옷을 입고 나서 탄로가 나면 그야말로 모양새가 이상야릇하게 될 거 같았다.

"자음."

나는 손을 들고 자진 신고할 수밖에 없었다.

"모음."

그때 맨 뒷자리에서 목소리가 들렸다. 가슴이 쿵! 무너져 내렸다. 돌아보지 않아도 목소리만으로도 모음의 주인공이 누구인지 알 수 있었다. 혁주였다.

"연보라가 자음이고 권혁주가 모음이야. 자음과 모음을 합치면 '사랑'이 되는 거지."

시은이는 말하지 않아도 다 알고 있는 사실을 정확한 발음으로 천천히 말했다.

뜨거운 물을 뒤집어쓴 듯 정신이 혼미해졌다. 사랑도, 진짜 이상한 곳이다. 이런 곳을 연애의 성지니 뭐니 하며 에스엔에스에 사연을 올리고 사진을 올리는 사람들도 이상하기는 마찬가지다. 순전히 엉터리에다 사기꾼들이다. 아니면 사랑도, 아니 아슬도가 속한 지자체에서 홍보를 해 주는 조건으로 돈을 받는 부류의 사람들일 수도 있다.

"와, 이거 우리가 만든 이벤트보다 훨씬 재미있다."

누군가 나지막하게 말했다.

"거기다가 완전 신기해. 산들이하고 승현이도 그렇고 혁주와 보라도 그렇고. 혁주와 보라 사이도 여기에 와서 하나둘 밝혀지고 있잖

아. 뭐라고 해야 하나, 사랑도의 기운이 용하다고 해야 하나?"

"용하기는 뭐가 용해? 섬이 무슨 점쟁이냐?"

민주였다.

민주도 저런데 지금 은우 기분은 어떨까. 그리고 은우는 나를 어떻게 생각할까. 아마 의심은 더욱 커지고 의심의 영역은 더 넓어질 게 뻔했다.

"그런데 나는 아니야."

나는 그 점을 분명 밝히고 싶었다. 어쩌다 자음과 모음이 만나 하나의 단어를 만드는 일이 발생하기는 했지만 나는 혁주와 전혀 그런 단어로 엮이고 싶지 않다는 뜻을 분명히 말하고 싶었다.

"뭐가 아니야?"

시은이가 물었다.

"나는 이런 이벤트 관심 없어. 믿지도 않고. 이벤트 때문에 공연히 책임과 의무를 짊어지고 등 떠밀려 행동하고 싶지도 않고."

아이들은 보나 마나 나와 혁주를 우리 반 공식 커플로 밀 거다. 그건 끔찍한 일이다.

"그건 보라 네 의지대로 되는 일이 아니야."

시은이가 고개를 살살 저었다.

"이건 사랑도가 이어 준 운명적인 만남이거든. 운명은 사람의 힘으로는 어쩔 수 없는 그런 거대한 힘이야. 사전적으로 볼 때 운명은 모든 사물을 지배하는 불가피한 필연의 힘이며 누구라도 따를 수밖에 없는 힘이야."

"옳소."

시은이 말에 아이들이 합창하듯 소리쳤다.

"이제 두 단어 다 찾았으니까 그만 수목원에 들어가도록 합시다. 아휴, 뭔 이런 이벤트를 만들었담. 내가 참을 인(忍) 자를 백 번은 쓰면서 참았네."

교장 선생님이 비옷을 입고 버스에서 내렸다. 교장 선생님이 입은 비옷 등 뒤에는 어떤 모음이나 자음도 없이 텅 비어 있었다.

"교장 선생님, 존경합니다. 저도 뭔 이런 이벤트가 있나, 당장 때려치라고 소리 지르고 싶었는데 그걸 꾹 참으시고 삼십 분 동안 기다려 주시다니 말입니다."

담임이 재빨리 비옷을 입으며 말했다. 담임 비옷에도 글씨는 없었다.

"그런데 우리가 보라를 밀어줘야 하는 거야, 민주를 밀어줘야 하는 거야?"

성지가 시은이에게 물었다.

"운명적인 것은 우리가 밀지 않아도 저절로 되는 거야. 우리는 약속대로 민주와 산들이를 적극 밀어주자."

시은이가 대답했다. 듣던 중 가장 마음에 드는 말이었다. 나는 혁주에게 아무런 감정도 없고 너희들이 어제와 오늘 봤던 것은 그냥 우연일 뿐이라고 말하려다 그만두었다. 변명을 자주 하면 도리어 역효과가 날 수도 있다. 그리고 이제 입도 아프다.

우정이라는 단어로 하나가 된 산들이와 승현이는 수목원에 입장

하는 순간부터 조금도 떨어지지 않고 붙어 다녔다. 어깨에 손을 올리고 서로 밀어 주고 당겨 주고. 운명적이라는 말을 믿지 않아도 저런 식으로 하루를 보내면 누구보다 친해질 거라는 예감이 왔다.

반면 나는 말도 못 하게 불편했다. 어서 수목원 견학과 다음 일정인 고기잡이인지 뭔지까지 후딱 마치고 호텔로 돌아갔으면 좋겠다. 그리고 빨리 밤이 지나고 내일이 왔으면 좋겠다. 일 분 일 초라도 빨리 사랑도에서 벗어나고 싶다. 이 섬을 떠나면 아이들은 호텔 이벤트에 대해서는 잊을 거다. 또 묘하게 계속되던 우연도 막을 내릴 거다.

계속 은우가 눈에 들어왔다. 길을 걸으면서도, 공기를 들이마시면서도, 그리고 밥을 먹으면서도 나는 자꾸 은우를 바라봤다. 은우는 우울해 보였다. 하지만 이 문제에 대해서 은우는 나를 원망하지는 못할 거다. 내가 사랑이라는 단어의 자음이 박힌 비옷을 일부러 고른 것은 아니니까. 옷을 껴입듯 자꾸 겹치는 우연을 내 탓으로 돌릴 수는 없을 거다.

모래밭이 삼켜 버린 팔찌

수목원에서 나올 즈음 비가 그쳤다. 비가 계속 내리면 물고기를 잡는 일정은 취소한다고 했는데 언제 비가 내렸냐는 듯 날은 화창하게 개었다.

굴곡 없이 평평해서 안전성 백 퍼센트에 안으로 깊숙이 들어온 지형 때문에 파도 또한 세게 칠 일이 없으니 안전성 백 퍼센트를 더 더해 총 이백 퍼센트의 안전성을 장담한다고 호텔 매니저가 큰소리쳤던 바다는 바로 거기였다. 내가 공포에 떨던 바로 그곳.

"내가 같이 있어야 하는데 아무래도 몸살기가 있는 거 같아 호텔에 들어가 있겠습니다. 한 시간 후에 정확하게 정리하고 들어오도록 하세요."

교장 선생님은 담임에게 말한 뒤 호텔로 들어갔다.

낮에 본 바다는 밤과는 사뭇 달랐다. 평화롭고 온화했다. 햇볕을 받은 물비늘은 별빛을 받은 물비늘과는 비교조차 할 수 없을 정도로 달랐다. 밤의 그것이 묘한 공포를 불러왔다면 낮의 그것은 이상하리만큼 설렘으로 다가왔다.

"물고기를 잡으면 호텔에서 큰 선물을 준다더라. 뭔 선물인지는 모르지만 선물이 싫은 사람은 없을 테고, 또 수학여행 와서 뭐든 기념으로 받아 가면 좋은 거니까 열심히 하도록 해라. 우리가 언제 바닷물에 발을 담그고 물고기를 잡아 보겠냐? 물고기를 잡으면 일단 인증 샷을 남기고 도로 놔주도록 하자. 이름도 사랑도인 섬에 와서 살생을 저지르면 되겠냐? 아, 그리고 저기, 저기 유난히 파도가 부서지는 저곳 있지? 저기를 넘어가면 절대 안 된다고 하더라. 아니다. 완벽하게 안전을 기하기 위해서 모래밭에서 20미터 이상은 나가지 마라. 그냥 요 앞에서만 물고기를 잡자 이 말이다. 알았냐?"

"도구 안 줘요?"

기준이가 물었다.

"뭔 도구?"

"물고기 잡으라면서요? 그럼 낚싯대라든가 그물이라든가 물고기를 잡을 수 있는 도구를 나눠 줘야지요."

"이왕이면 그물로 주시지요. 낚싯대로 고기 잡으려다가는 오늘 안으로 한 마리도 못 잡을걸요."

승현이도 한마디 했다. 그러자 승현이의 운명적인 우정인 산들이가 낚싯대로 물고기를 잡는 것이 얼마나 힘든 것인지 자기 아빠와 낚시 다녀온 사연을 늘어놨다. 2박 3일 동안 방파제에서 텐트를 치고 라면 끓여 먹어 가며 잡은 물고기가 피라미 한 마리였다고 했다.

"그런 거 없다. 호텔 매니저 말로는 여기가 물 반, 고기 반인 장소로 이 섬에 수학여행을 오는 아이들의 가장 핫한 체험 학습장이라고 한다. 바닷물에 손만 넣으면 고기가 나 좀 잡아가 달라고 손가락을 막 물어뜯는단다. 내가 모래밭에 앉아 있을 테니까 잡으면 냉큼 가지고 와라. 인증 샷 멋지게 찍어 주마."

"말도 안 돼요."

시은이는 도구가 있는데도 사용하지 않는 것은 미개한 행동이라고 했다. 그건 숟가락과 젓가락을 두고 손으로 밥을 먹는 것과 같다면서 말이다.

"시은이 말을 들어 보니 그럴듯한 말이다. 그런데 말이다. 오늘은 그냥 맨손으로 잡아라. 손끝으로 만져지는 바닷속 살아 있는 생명체를 느낄 수 있는 체험을 아무 때나 하는 거 아니잖냐?"

담임은 모래밭에 철퍼덕 주저앉았다.

"아따, 풍광 끝내준다야."

담임은 가슴을 펴고 하늘을 향해 크게 기지개를 켰다.

"선생님. 교장 선생님한테서 벗어나니까 좋으시죠?"

기준이가 픽픽 웃으며 물었다. 담임은 굳이 부정은 하지 않았다.

물 반 고기 반이라는 말은 완전히 거짓말은 아니었다. 투명한 바닷속으로 유유히 헤엄쳐 다니는 물고기들이 제법 많았다. 하지만 아무리 그래도 그렇지 맨손으로 물고기를 어떻게 잡느냐는 표정으로 머뭇거리고 있던 아이들은,

"와. 방금 물고기 잡았다 놓쳤어. 잡을 수 있었는데 내가 놀라서 놔줬어. 진짜 맨손으로 잡을 수 있어."

기준이의 한마디에 아이들은 펄펄 날아다니기 시작했다.

성지는 물고기를 잡는 척하며 한 번씩 민주를 산들이 쪽으로 밀었다. 시은이도 동참했다. 어떻게 해서든지 밀어주고 싶은 마음은 알겠는데 번번이 승현이에게 막혔다. 민주가 산들이에게 넘어지려고 하면 승현이는 운명적인 우정이 혹시라도 물에 빠질까 봐 자기 몸으로 민주를 받아냈다. 승현이의 벽은 물 한 방울, 바람 한 줄기도 빠져나가지 못할 정도로 견고했다.

"이러다가 승현이가 오해하는 거 아니냐? 내가 자기한테 관심이 생긴 거로."

민주의 걱정은 아주 틀린 걱정은 아니었다. 시은이도 그럴 수 있을 거라고 맞장구쳤다.

"그냥 밀지 마라. 승현이한테 오해를 받느니 그만두는 게 낫다."

민주가 포기했다.

"야, 은우야. 너는 모래밭에 앉아서 선탠하냐? 바닷속에 안 들어가? 빨리 들어가라. 이것도 수업의 연장이야."

담임이 모래밭에 우두커니 서 있는 은우에게 소리쳤다. 은우가 마지못해 운동화를 벗고 물 안으로 들어왔다.

"들어갔으면 물 안에 손을 넣어 봐. 그것도 수업의 연장이야."

담임이 또 소리쳤다.

망설이는 듯하던 은우가 마지못해 물속으로 손을 넣는 바로 그 순간,

"와. 잡았다!"

시커멓고 펄떡거리는 물고기가 기준이 손에 잡혀 나오는가 싶더니 기준이 손에서 빠져나가 허공에서 펄떡! 퍼얼떡! 몇 바퀴 회전을 한 다음 첨벙! 소리와 함께 물보라를 일으키며 물속으로 도로 들어갔다.

"잡아라."

기준이가 재빠르게 헤엄쳐 가는 물고기를 따라 뛰었다. 기준이와 같이 뛰는 아이, 거기에 밀려 중심을 잡지 못하고 넘어지는 아이, 그야말로 아수라장으로 변했다. 오직 물고기만 보고 돌진하던 기준이는 앞에 있는 은우를 미처 보지 못했고 은우는 달려오는 기준이를 미처 피하지 못했다. 은우와 기준이가 부딪히기 바로 직전 둘 사이에 끼어든 아이는 혁주였다.

혁주는 날렵했다. 눈 깜짝할 사이에 은우 팔을 잡아당겨 돌진하는 기준에게서 피하게 했다. 은우는 혁주에게 한쪽 팔을 맡긴 채 비틀거렸다. 그러다 물속에서 미끄러운 것이라도 밟았는지 두 팔을 벌리며 뒤로 넘어지려고 했다. 혁주가 다시 은우를 잡아 모래밭으로 데리고 나왔다. 비틀거리며 모래밭으로 나오던 은우가 앞으로 고꾸라졌다. 혁주가 넘어지는 은우를 급하게 잡으려다 손이 은우 팔을 걸치게 스치고 지나갔다.

그때였다. 은우 팔목에서 뭔가 반짝이는 게 떨어졌다. 햇볕을 받은 그것은 눈부시게 빛났다.

나와 나눠 낀 팔찌였다.

절친이라는 걸 티 내야 한다면서 둘이 돈을 모아 똑같은 디자인으로 산 팔찌. 돈이 모자라 제일 싼 거로 고르느라고 언제 끊어질지 모를 정도로 가느다란 팔찌. 너무 가늘어서 팔에 하고 있어도 하고 있는지 느낌도 없는 팔찌. 한쪽은 절교를 선언하고 한쪽은 절교를 선언 받았으면서도 둘 다 빼지 못하고 있던 그 팔찌.

혁주 손에 걸려 팔찌가 끊어진 게 분명했다.

'어, 어, 어.'

나는 나도 모르게 손을 내밀어 허공을 움켜잡았다. 그런데 은우는 반짝반짝 빛을 내며 모래밭에 떨어지는 팔찌를 가만히 보고 있었다. 팔찌를 삼킨 모래밭은 유별나게 빛을 냈다.

나는 뒤돌아섰다. 그리고 내 팔에 그대로 차고 있던 팔찌를 빼서 주머니에 넣었다. 배신감이 용암처럼 끓어올랐다. 이걸 진작 빼지 못하고 팔목에 달고 다닌 게 후회스러웠다. 어제 은우 앞에서 당장 빼서 냅다 던져 버리는 건데.

은우가 내팽개치는 것은 팔찌가 아니라 나인 거 같았다. 그게 바로 은우 마음인 거다. 은우 마음에 이미 나는 없는 거다. 절교를 선언했으면서도 나는 대체 뭘 바라고 있었던 걸까. 은우에게 절교를 선언하고 난 후에도 나는 쉬지 않고 마음이 흔들렸었다. 계속되는 우연에 은우의 의심이 늘어 가고 그 의심이 은우에게 상처로 남을까 봐 걱정도 했었다.

나는 은우도 내 마음과 같아서 팔찌를 빼지 않고 있는 거로 알았다. 그런데 아니었다. 은우는 팔찌가 팔목에 있는 것조차도 잊고 있었던 거다.

'바보 같아.'

외할머니 손녀 아니랄까 봐, 엄마 딸 아니랄까 봐, 이모 조카 아니랄까 봐, 마음 약한 거는 알아주어야 한다.

"지금부터 진짜 절교야. 절대 흔들리지 않을 거야. 걱정도 안 할 거고 쳐다보지도 않을 거야."

나는 마음을 다잡았다.

"이야. 권혁주. 너 운동했냐? 운동 신경이 장난 아니다."

담임이 혁주를 향해 엄지손가락을 치켜올렸다.

"은우가 아니라 보라였어야 훨씬 더 드라마틱한데."

산들이가 말했다.

"그러게, 아깝다."

승현이가 맞장구쳤다.

아무리 물 반 고기 반이라고 하더라도 우리에게 잡혀 줄 물고기는 없었다. 그런데도 어쩌다 잡혀 줄 듯 도망친 물고기 때문에 남자아이들은 쉽게 미련을 버리지 못했다. 조금만 더 시간을 달라고 담임에게 매달렸지만 담임은 교장 선생님이 정해 주고 간 한 시간을 칼같이 지켰다.

호텔로 돌아오는 길에 시은이와 성지가 다가왔다.

"보라야. 물어볼 말이 있는데 너 혁주 어떻게 생각해? 괜찮으면 우리가 팍팍 밀어줄게. 민주는 승현이 때문에 틀린 거 같고 그래도 수학여행 기념으로 공식 커플 하나는 탄생해야 되지 않겠냐?"

그런 일은 절대 원하지도 않지만 수학여행 기념이라는 말에 기분이 더 상했다. 내가 기념품 파는 가게 평상에 올려놓은 물건도 아니고 무슨 수학여행 기념.

"난 관심 없어."

나는 잘라 말했다.

"왜? 혁주도 뜯어보면 괜찮은 점이 많잖아. 괜찮은 정도가 아니라 비주얼로는 우리 반에서 제일 낫지."

그렇게 괜찮으면 네가 잘해 보라고 말하고 싶어 목구멍이 간질거렸다. 하지만 내 기분이 나쁘다고 해서 괜한 적을 만들 필요는 없을 거 같았다.

"사람을 보는 눈은 각각 주관적이야. 내 눈에는 혁주가 제일 못생겼거든."

나는 가장 알맞은 대답을 찾아내서 웃음기를 띤 얼굴로 말했다.

"그건 그렇지. 보라 네 말이 맞아."

시은이는 바로 수긍하는데 성지가 문제였다. 자음과 모음으로 완벽한 한 단어를 완성시켰으니까 뭔가 좋은 기운이 흐르는 증거라며 잘해 보라고 끈질기게 귀찮게 굴었다. 그때 머릿속을 빠르게 스치고 지나가는 생각이 있었다.

"은우랑 혁주랑 밀어줘라."

나는 던지듯 그 말을 뱉어 냈다.

"은우랑 혁주랑? 뜬금없이 왜?"

성지 눈이 동그래졌다.

"인터넷에서 본 프로그램이라면서 사랑도 기운을 운운하며 처음 수학여행 이벤트 의견을 낸 애가 은우인 거는 알지?"

"응, 알지."

"은우가 왜 그렇겠니? 다 생각이 있으니까 그랬겠지."

"생각?"

성지와 시은이가 마주 봤다.

"평소의 은우라면 절대 그런 말 안 하는 성격이거든. 내가 은우 성격은 잘 알잖아."

"그러니까 뭐야. 은우가 혁주를 좋아하는데 고백할 기회가 없으니까 일부러 그런 이벤트를 만들었단 말이야? 그럼 쪽지를 만들어 상자 안에 넣을 때 혹시 무슨 부정이라도? 예를 들면 혁주 이름이 써진 쪽지에 표시를 해 놓는다던가. 아니지, 그냥 손을 넣어 뽑았으니까 표시는 알아볼 수 없는 거고. 쪽지 접는 방법을 달리해서 만졌을 때 혁주 이름이 쓰인 거를 알 수 있도록 한 거야? 아, 맞다. 쪽지도 다 은우가 만들어서 가지고 왔잖아."

시은이의 상상력은 날개를 활짝 폈다.

"그건 잘 모르겠지만 아무튼 은우가 혁주를 좋아하는 거는 사실이니까 너희가 팍팍 밀어줘라."

나는 혁주 이름이 쓰인 쪽지는 내가 뽑았다는 말을 하지 않았다. 그냥 하고 싶지 않았다.

"보라 너랑 은우랑 절친이잖아. 네가 앞장서서 밀어줘. 우리도 도와줄게."

성지가 말했다.

"아니. 나는 은우가 혁주를 좋아하는 거 반대했거든. 나는 두호 사건 때부터 혁주가 별로였어. 그런데 은우가 내 말을 안 듣는 거야."

"아하, 그래서 어제와 오늘 은우랑 떨어져서 다녔구나? 말도 안 하고. 뭔가 좀 이상하다고 생각했어. 그러니까 뭐야, 보라 너는 혁주 같은 애를 은우가 좋아하는 게 싫어서 반대했는데 은우는 너 대신 혁주를 택한 거네. 음, 남자 때문에 절친을 단번에 잘라 버린다? 은우 그렇게 안 봤는데 좀 그렇다."

시은이 생각은 정확했다.

"연보라, 너 참 착하다. 그래도 은우를 도와주고 싶어서 우리한테 부탁하는 걸 보면."

성지는 감동 먹은 얼굴이었다. 나는 어깨를 으쓱이며 성지 말에 부정도, 그렇다고 긍정도 나타내지 않았다.

시은이는 은우와 혁주를 밀어줄 수 없다고 했다. 어쩐지 그래서는 안 될 거 같다고 했다. 내가 바라는 바가 바로 이거다. 이제 시은이와 성지는 다른 여자아이들에게도 이 말을 전할 거다. 은우는 혁주 때문에 절친인 나를 헌신짝처럼 차 버린 아이라고.

고소했다. 은우에게 미안한 마음은 눈곱만큼도 없었다. 거짓말을 한 것도 아니고 다 사실인데 뭐. 은우가 팔찌를 그렇게 버린 거처럼 나도 은우를 버릴 거다.

캠프파이어

자음과 모음이 만나 완벽한 단어를 만들어 낸 산들이와 승현이에게는 커플 티셔츠가 상품으로 나왔다. 나와 혁주는 보조 배터리를 받았다. 원래는 두 개의 상품을 놓고 뽑기를 해야 했는데 산들이와 승현이가 간절하게 커플 티셔츠를 원했고, 나는 인심 쓰는 척 양보했다.

눈치 없는 담임이,

"그래도 사랑이라는 단어를 만들어 낸 팀이 커플 티셔츠를 받아야 하는 거 아니냐?"

이랬다. 고맙게도 교장 선생님이 상황을 정리해 주었다.

"허 선생님은 정말로 커플 탄생을 바라시는 거는 아니겠지요? 중학교 3학년 아이들 게임에 나서지 마시고 그렇게도 커플 탄생을 원하시면 허 선생님 본인 문제에 신경 좀 써 보시는 게 어떠신지요? 교사들 회식 때마다 허 선생님이 늘 말씀하시지 않았습니까. 결혼해서 토끼 같은 자식들 넷을 낳는 게 꿈이라고요. 이제 내일모레 오십이

신데 그 꿈을 이루려면 서둘러야 할 거 아닙니까?"

이러면서 말이다.

"선생님. 나중에 따로 한번 우리 섬에 오시지요."

호텔 매니저가 담임에게 은밀하게 말했다.

저녁을 먹을 때까지 두 시간의 자유 시간이 주어졌다. 자유 시간이 시작되고 단 오 분 만에 은우가 나를 배신했다는 이야기를 여자아이들 모두가 알게 되었다. 방 안을 빠르게 날아다니는 그 말을 은우도 들었다.

곧 은우가 나를 밖으로 불러냈다. 나는 덤덤하게 은우를 따라 나갔다.

"애들한테 보라 네가 말한 거야?"

그걸 질문이라고 하다니. 내가 말하지 않았으면 자기와 나 둘 사이에 있었던 일을 아이들이 어떻게 알 수 있담.

"보라 네가 말한 거냐고?"

은우가 다시 물었다.

"응."

나는 감정을 싣지 않은 덤덤한 표정으로 대답했다.

"왜?"

은우는 입술을 잘근잘근 씹었다. 은우 눈에 그렁그렁 눈물이 차올랐다.

"내가 거짓말한 거는 아니잖아? 그리고 내가 말하고 싶어서 말한 거 아니야. 자음 모음 이벤트 때문에 아이들이 나랑 혁주를 우리 반 공식 커플로 만들어 준다고 해서 내가 싫다고 하다가 그 얘기가 나온 거야. 은우가 혁주를 좋아하니까 나한테는 신경 끄고 둘을 밀어서 우리 반 공식 커플로 만들어 주라고."

"그 얘기를 하는 거 아니잖아?"

"그럼 뭘 얘기하는 건데?"

"내가 너 대신 혁주를 선택했다는 거. 내가 너를 배신했다는 거."

"그거 사실 아니니?"

"혁주는 내가 자기를 좋아하고 있다는 거 몰라. 만약 이 사실이 혁주 귀에 들어가면 혁주가 뭐라고 그러겠어? 만약 혁주가 나한테 손톱만큼도 관심이 없다면 뭐라고 그러겠느냐고? 혼자 북 치고 장구 치고 다 한다고 하지 않겠어? 자존심 상해."

은우가 다시 입술을 씹었다. 나는 은우 말에 또다시 분노가 끓어올랐다. 자신의 자존심이 상할까 봐 전전긍긍하는 모습이라니. 나는 절친인 나를 배신한 거를 아이들이 알게 되어 그게 쪽팔려서 이러고 따지는 줄 알았다.

"너만 자존심 상해?"

나는 은우와 정면으로 마주 보고 섰다.

"나도 자존심 상해. 너 같은 애를 세상에 하나밖에 없는 친구로 믿고 있었다는 게 말도 못 하게 자존심 상한다고. 너한테 배신당한 거를 알고도 마음속에서 너를 내쫓지 못한 거, 얼마나 자존심 상하는 줄 알아?"

말을 하다 보니 더 화가 났다. 나는 주머니에서 팔찌를 꺼냈다.

"이게 뭔지 알지?"

나는 팔찌를 은우 눈앞에 들이밀었다.

"너랑 나랑 둘이 가서 고르고 골라서 산 거니까 모른다는 말은 하지 않겠지. 나는 이 팔찌를 단 한 번도 뺀 적이 없었어. 어제 너한테 충격적인 말을 듣고 절교를 선언하고 나서도 차마 빼지 못하고 있었어. 그리고 너도 빼지 않고 있다는 게 위안이 되었어. 그런데 너는 나와 같은 마음으로 팔찌를 빼지 않았던 게 아니었더라. 너는 늘 말했었지? 너무 가늘어서 차고 있는지 어쩐지도 잘 모르겠다고. 우리 둘이 나중에 돈 벌면 묵직한 팔찌로 바꾸자고. 그 말대로 너는 팔목에 팔찌가 있는지 어쩐지도 모르고 있었던 거야."

은우가 자기 팔목을 바라봤다.

"그러니까 끊어져서 떨어지는 걸 아무렇지도 않은 얼굴로 그렇게 바라볼 수 있었던 거야. 오직 혁주만 눈에 들어왔겠지. 넘어지려는 거를 잡아 줬으니까 오죽 좋았겠어? 그깟 팔찌쯤 모래밭에 파묻히거나 말거나 무슨 상관이었겠느냐고."

갑자기 목이 메었다. 눈물이 나오려고 했다.

"보라……."

은우가 무슨 말인가 하려고 했다. 듣고 싶지 않았다. 어떤 변명도 핑계도 이제 듣지 않을 거다. 아니 들을 필요가 없다. 나는 성급히 돌아섰다.

"아!"

나는 몇 걸음 걷다가 멈췄다.

"나도 이제 이거 필요 없어."

나는 은우에게 다가가 은우가 보는 앞에서 팔찌를 땅에 던져 버렸다. 가장 무덤덤한 표정을 지으려고 애쓰면서.

방으로 들어와 이불을 머리끝까지 뒤집어쓰고 한 시간 넘게 잤다. 성지가 깨워서 일어났을 때 온몸이 땀으로 흠뻑 젖어 있었다.

"보라 열나나 봐. 얼굴이 완전 빨개."

성지가 내 이마에 손을 댔다. 성지 손이 얼음장처럼 차갑게 느껴졌다.

"진짜 뜨거워."

성지 말에 민주와 시은이도 내 이마를 짚어 봤다. 시은이가 비상약으로 가져온 해열제를 꺼냈다. 나는 해열제 한 알을 삼키고 도로 자리에 누웠다.

담임이 왔다 가고 교장 선생님도 왔다 갔다.

저녁을 먹고 나서 호텔에서 준비해 준 캠프파이어가 있다고 했다. 우리 반을 빼면 호텔에 세 팀의 손님들이 더 있는데 밤 아홉 시까지는 떠들썩해도 괜찮다는 양해를 구해 놨다고 했다. 다들 캠프파이어는 생각하지도 못했고 준비한 것도 없다며 걱정했다. 남자아이들과 의논을 한 결과 노래와 댄스 대회를 연다고 했다.

결국은 모두가 하는 평범한 프로그램을 하게 되었다. 유치하고 유행 지난 거를 피하려고 머리 싸매고 연구하고 회의한 끝에 은우가 제안한 이상한 이벤트를 하게 되었지만, 결국 마지막에는 노래와 댄스 대회였다.

급하게 듀엣이 구성되고 댄스 안무를 짜느라고 정신이 없었다. 나는 누운 채 그걸 바라봤다.

"이 호텔이 인심이 좋은가 봐. 상품도 호텔에서 준비했대."

성지는 신이 난 눈치였다. 하긴 성지가 노래 하나는 끝내준다.

"인심이 좋은 게 아니라 이것 또한 관광 콘텐츠야. 잘해 줘야 리뷰가 좋게 나오고 그래야 찾아오는 사람들이 있지."

시은이가 말했다.

"관광 콘텐츠이건 뭐건 아무튼 잘된 거라고 봐. 오늘 캠프파이어가 없었으면 되게 심심했을 텐데. 공연히 이상한 이벤트니 뭐니 준비하느라고 진짜 신나는 거를 못 할 뻔했네. 역시 옛것이 좋은 것이여."

성지가 낄낄거렸다.

"그건 성지 네 말이 맞다. 옆에서 밀어준다고 되는 게 따로 있는 거야. 좋아하지도 않는 애가 사랑도의 기운으로 좋아질 수 있다는 생각 자체가 되게 웃긴 거였지."

민주가 말했다.

"겉으로 티는 내지 않고 있지만 우리 반에 서로서로 좋아하고 있는 애들이 있을 거라는 말을 난 처음부터 우습게 생각했어. 척 보면 모르니. 나는 믿어서 동조했던 게 아니라 학급 일이니까 학급의 일원으로서 같이 해야 하는 거 같아서 마지못해 따라 했던 거지. 다들 알지?"

시은이도 말했다.

셋은 말을 하면서 은우를 힐끗힐끗 바라봤다.

아이들이 춤과 노래를 연습하는 동안 은우는 어디에도 끼지 못하고 창밖만 바라보고 서 있었다.

저녁을 먹고 와서도 노래와 춤 연습은 계속되었다. 그러는 중에 비비 크림을 바르고 눈썹을 그리고 화장하느라고 정신이 없었다. 향수 냄새가 진동했다. 화장을 마친 아이들은 가져온 옷을 이것저것 입어 보고 벗고를 반복했다.

정각 일곱 시! 어둑어둑한 창밖이 환해지며 음악 소리가 들렸다.

–쾅쾅쾅

"다 나와라."

기준이가 방문을 두드리며 소리쳤다.

우르르 다 몰려 나간 방 안은 고요했다. 형광등 불빛이 흘러내리는 소리가 귀에 들릴 정도였다.

–쿵쿵쿵!

밖에서 음악 소리가 들렸다.

나는 천천히 일어나 창문으로 향했다. 열은 떨어졌지만 어지럽고 뒷머리가 깨질 거처럼 아팠다. 코가 맹맹한 걸 보면 감기 기운도 있는 거 같았다.

나는 창문을 열었다. 서늘한 바람과 함께 비릿한 바다 냄새가 들어왔다. 호텔 마당에는 무대가 설치되어 있었고 작은 전구들이 색색으로 빛을 내고 있었다. 아이들은 시작도 하기 전에 그새 음악에 몸을 맡기고 있었다.

사회는 호텔 직원이 봤다. 예전에 레크레이션 강사로 일했다고 하는데 전문 강사 출신이라 그런지 목소리도 남달랐다. 하이톤에 에너지가 철철 넘쳤다. 목소리 하나만으로도 분위기는 금세 달아올랐다.

"본격적으로 경연을 시작하기 전에 먼저 초대 가수를 모시겠습니다. 오늘 행사를 빛내 주실 오! 춘! 자!"

사회자가 가수 이름을 크게 외치자 기다렸다는 듯 음악 볼륨이 크게 올라갔다 내려왔다.

그런데 오춘자가 누구더라? 어디서 많이 들어 본 이름인데, 트로트 가수인가? 나는 고개를 빼고 창밖을 내다봤다.

가수는 바로 등장하지 않았다. 어두컴컴한 곳에서 뭔가 실랑이가 있는 듯한 모습이 포착되었다. 그러고 잠시 후 사회자의 에스코트를 받으며 무대로 등장하는 사람은 교장 선생님이었다. 아, 맞다! 교장 선생님 이름이 오춘자다. 이름에 여자 남자가 따로 있는 거는 아니지만 어쩐지 여자 냄새가 물씬 풍기는 이름! 이름 탓인지 교장 선생님은 목소리 톤도 남자보다는 여자 쪽에 가까웠다. 그런데 교장 선생님이 노래를 부른다고? 왠지 교장 선생님과 노래는 어울리지 않는 거 같았다.

"참 내가 별걸 다 하게 되는군요. 마치 도깨비에 홀린 기분이에요. 하지만 나왔으니 노래 한 곡 하고 내려가도록 하지요. 노래 제목은 〈그때 그 사람〉입니다."

교장 선생님 말이 끝나기 무섭게 음악이 흘렀다.

사회자가 목소리로 업시켜 놓은 분위기는 교장 선생님 노래로 한

없이 추락했다. 그렇지 않아도 늘어지는 노래였다. 교장 선생님은 늘어지는 노래를 더 늘어지게 하는 탁월한 재주가 있었다.

거기에다 신기한 일이 일어났다. 오전에 비가 오다 그친 하늘은 오후 내내 끝없이 높고 파랬었다. 어두워진 하늘에서는 별이 빛났었다. 그런데 교장 선생님 노래가 1절이 끝나고 간주가 흐를 때쯤 별들은 한순간 모습을 감췄고 살랑거리던 바람 대신 스산한 바람이 불었다. 그러더니 노래가 다 끝나고 교장 선생님이 허리를 숙여 인사할 때 후드득! 빗방울이 창문을 때렸다. 가사에 '비'가 들어간 노래를 부르자 진짜로 비가 내리다니! 다행스럽게도 캠프파이어를 그만둘 정도로 큰비는 아니었다.

사회자가 기준이 이름을 부르는 찰나 이마부터 뒤통수까지 깨질 듯 아팠다. 어지럽고 토하고 싶었다. 화장실로 뛰어가 변기를 부여잡고 한참을 있었다. 진득한 침을 잔뜩 뱉어 내고 방으로 들어와 누웠다. 머릿속이 멍했다. 나는 고막을 찌르는 노랫소리를 들으며 잠 속으로 빨려 들어갔다.

어디로 간 거야

?

어수선한 분위기에 눈을 떴다. 방 안이 소란스러웠다. 캠프파이어가 끝난 모양이었다. 일어나 앉으려고 했지만 머리가 여전히 아프고 어지러웠다.

"이게 다 교장 선생님 때문이야. 멀쩡하던 날씨였는데 교장 선생님이 그 노래를 부르고 나서 비가 내린 거잖아."

성지가 볼멘소리를 했다.

"하늘이 기우제 지낸 건 줄 알았나 봐."

"기우제. 크크크. 목소리가 간절하고 애절하긴 했지."

내가 잠깐 잠든 사이 무슨 일이 있었던 게 분명하다. 나는 머리끝까지 뒤집어썼던 이불을 내렸다. 아이들이 옷을 갈아입고 있는데 하나같이 옷이 흠뻑 젖어 있었다.

"비 많이 와?"

나는 일어나 앉으며 물었다.

"천둥 번개까지 치면서 난리도 아니야. 퍼부어."

-우르릉 쾅쾅!

성지 말에 확실한 증거라도 대듯 세상이 깨질 듯 천둥이 쳤다. 창문을 타고 냇물처럼 빗물이 흘러내리고 있었다.

"나중에 중학교 수학여행을 떠올리면 그다지 기억에 남을 추억은 없을 거 같다. 되게 기대하고 설렜던 거에 비하면 진짜 별로야."

"내 말이. 그냥 경주나 제주도처럼 남들이 많이 가는 그런 데로 갈 걸 그랬나 봐. 1반이 경주로 갔잖아? 1반은 지금 캠프파이어 중인데 별이 총총하고 맑은 날씨에 분위기도 끝내준대. 장기 자랑하는데 개그 프로 저리 가라래. 그리고 내일 오전은 자유 시간인데 예쁜 카페가 많은 거리에서 자유 시간을 갖는다더라. 사진 찍을 거 엄청 많은 거지."

성지가 휴대폰을 들여다보며 후회해도 소용없는 후회를 했다.

"정확하게 열 시에 취침 점검하러 담임이 온댔어. 그 전에 간식이나 먹자."

다들 씻고 드라이어로 머리를 말리고 과자며 빵 같은 거를 꺼내 먹느라고 정신이 하나도 없었다. 은우는 창밖을 내다보고 있었다.

'무슨 생각을 하는 걸까?'

문득 이 생각을 하다 고개를 저었다. 내가 무슨 상관이람.

잠시 후 나는 다시 잠 속으로 빨려 들었다.

얼마나 잤을까. 눈을 번쩍 떴을 때는 아이들이 모두 잠든 뒤였다. 방에는 환한 형광등 불빛이 강한 햇살처럼 쏟아지고 있었다. 나는 불을 끄려고 일어났다.

'은우가 없네?'

아까 분명 있었는데. 이렇게 비가 쏟아지는데 밖에 나간 건가?

'잠깐 나간 거겠지. 곧 오겠지. 어딜 갔겠어? 별걱정을 다해.'

나는 이불을 뒤집어썼다. 여기는 섬이다. 배가 뜨지 않으면 절대로 섬 밖에 나갈 수 없다.

'그리고 내가 무슨 상관이람. 연보라, 정신 차려. 은우가 어디서 뭘 하거나 말거나 네가 무슨 상관이야.'

이건 순전히 유전자 탓이다. 시시때때로 마음이 약해지는 유전자를 내 몸에 지니고 사는 까닭이다. 나는 약해지려는 마음을 떨쳐내려 주먹을 꽉 쥐었다. 열이 오르는지 정신이 아득해졌다. 잠이 든 듯만 듯 얼마가 지났을까. 눈을 떴을 때 여전히 은우는 없었다. 열한 시 이십 분이었다.

–은우가 방에 없어요.

나는 담임에게 문자를 보냈다. 아무리 기다려도 답장이 오지 않았다. 담임도 잠든 게 분명했다.

시간이 흐르면서 초조해졌다. 온갖 생각들이 머릿속에 차곡차곡 쌓였다. 하나같이 불안한 생각들이었다.

열두 시!

자리를 박차고 일어나는 것과 동시에 문 두드리는 소리가 들렸다. 담임이었다.

"은우 아직 안 들어왔냐?"

"예."

담임은 은우에게 전화를 했다. 은우 휴대폰은 은우 캐리어 안에서 울렸다.

"이상하다. 아까 취침 점검할 때는 분명 있었는데. 애들 다 깨워 봐라."

아이들은 은우도 같이 잠자리에 들었다고 했다.

담임은 남자아이들도 깨웠다.

남자아이들은 오락가락이었다. 마당에서부터 은우가 없었다는 둥 신빙성이라고는 찾아볼 수 없는 말들만 했다.

은우가 없어진 걸 호텔 측에도 알리고 모두들 호텔 안을 샅샅이 뒤졌지만 은우는 어디에도 없었다.

"신고해야겠지요?"

담임이 교장 선생님에게 물었다.

"신고해야지요."

교장 선생님 얼굴은 새하얗게 질려 있었다.

"이 섬에 경찰서 있나요?"

"파출소가 있습니다. 제가 신고하겠습니다."

호텔 매니저는 재빨리 신고를 했다. 신고한 지 오 분도 지나지 않아 경찰차가 도착했다.

"그러니까 열 시, 취침 시간까지는 있었다 이 말씀이지요? 혹시 학생들 사이에 무슨 일이 있었습니까? 아니면 사라진 학생에게서 이상한 낌새 같은 거 있었나요?"

경찰은 사라진 학생이라는 표현을 썼다가 교장 선생님에게 욕을 한 바가지 얻어먹었다. 사라졌다는 표현은 어쩐지 서늘한 기운이 느껴져서 불안함을 증폭시킨다고 말이다. '호텔에서 나간 학생'이라고 표현해 달라고 했다.

"사라진다는 말은 눈에 보이지 않는다는 말인데 호텔에서 나가서 보이지 않는 거나 사라진 거나 크게 다를 게……. 예, 알겠습니다. 호텔에서 나간 학생에게서 다른 날과는 달랐던 낌새 같은 거는 없었나요? 아니면 학생들 사이에서 무슨 일이 있었다거나."

경찰이 다시 물었다.

남자아이들은 경찰 말이 떨어지기 무섭게 고개를 저었다. 남자아이들과는 달리 여자아이들은 서로 눈치를 봤다.

"무슨 일 있었지?"

교장 선생님이 뭔가 있다는 눈치를 챘다.

"뭐 그렇게 중요한 거는 아니고요……."

민주가 머뭇거리며 나를 바라봤다. 담임과 교장 선생님 그리고 경찰 눈이 동시에 나에게 쏠렸다.

"학생, 무슨 일이 있었는지 사실대로 말해 줘야 해요. 이거 생각보다 심각한 일일 수도 있으니까."

경찰이 말하는 순간 떨어졌던 열이 다시 오르는지 몸이 으스스 떨렸다.

"자, 자, 다른 사람들은 일단 방에 들어가 있어라."

담임 말에 아이들은 방으로 들어갔다.

담임이 은우에게 무슨 일이 있었느냐고 물었다. 은우와 나 사이에 일어났던 일들 중에서 어디부터 어디까지 이야기를 해야 하는지 몰라 선뜻 말하지 못하고 망설였다.

"보라야."

담임이 재촉했다.

휴대폰을 봤다. 한 시 십 분이었다. 지금까지 나타나지 않는 거로 봐서 무슨 일이 있는 거는 확실하다.

"제가 은우랑 다퉜어요. 아니, 이걸 다퉜다고 해야 맞는 건지 어쩐지 잘 모르겠지만 아무튼 은우에게 절교를 선언한 일이 있었어요."

말을 하는데 울컥했다. 목 안이 아리고 싸했다. 침을 삼키려고 하는데 목에 걸려 넘어가지 않았다. 나는 기침을 한바탕했다.

차마 혁주 이야기는 할 수 없었다. 은우도 그걸 바라지는 않을 거다. 그 이야기가 여자아이들을 넘어 담임과 교장 선생님 그리고 얼굴도 이름도 모르는 경찰에게까지 알려지는 거는 절대 원하지 않을 거다. 나는 혁주 이야기는 빼고 다른 일로 의견이 엇갈렸고 그 일 때문에 절교를 선언했으며, 오늘 오후에 팔찌 사건이 있었다고 말했다.

"아시겠지만 여기는 작은 섬이라서 인력도 많이 없습니다. 일단 호텔 내부와 주변을 샅샅이 뒤져 보고 난 다음 찾지 못하면 근처 마을 이장님에게 협조를 부탁하겠습니다. 지금은 한밤중에다 비도 이렇게 쏟아지는지라 바로 전화 드리기가 좀 곤란하고 일단 호텔 주변부터 찾아볼 테니 내부도 다시 한 번 찾아봐 주세요."

경찰 말에 호텔 매니저는 근무 중인 직원들을 모두 호출했다.

구석구석 찾아도 호텔 안에 은우는 확실히 없었다. 빗줄기는 더 거세지고 바람까지 불었다.

"보라야. 지금 네가 할 일은 없다."

담임이 말했다.

"그래, 학생은 들어가는 게 좋겠어. 공연히 이런 날씨에 밖에 나가서 친구를 찾는다고 하다가 도리어 위험해질 수도 있어. 길도 낯설고 폭우가 오면 바닷물이 밀려와 끊어지는 길도 있거든. 길이 낯선 사람들은 길인 줄 알고 걷다가 자기도 모르게 바다로 들어가는 거지."

호텔 매니저도 은우를 찾으면 바로 알려 준다고 말했다.

"찾고 있나?"

방으로 들어오자 성지가 물었다. 다들 걱정스러운 얼굴로 모여 앉아 있었다.

"진짜 캠프파이어 할 때 있긴 있었던 거야?"

민주가 시은이에게 물었다. 시은이가 고개를 끄덕였다.

"비가 갑자기 쏟아지고 호텔 로비로 뛰어 들어올 때는? 그때 은우 본 사람?"

성지 말에 대답하는 아이는 없었다.

우르릉거리는 천둥소리는 좀 전보다 훨씬 더 커졌다. 나는 창문을 열어 봤다. 빗소리가 마치 성난 파도 소리 같았다.

"이런 말 해도 되는지 모르겠지만……"

시은이가 침묵을 깼다.

"아니, 아니다."

"뭔데? 무슨 말인지 해 봐. 은우에 대해 뭐 생각나는 거 있어? 아주 좁쌀만 한 말이라도 도움이 될 수도 있어. 얼른 해 봐."

민주가 재촉했다.

"그런 게 아니라 은우가 충격을 받은 거 아닐까? 사람에 따라 다를 수는 있겠지만 은우가 약간은 소심한 편에 속하잖아. 그러면 같은 문제라도 크게 생각할 수도 있잖아. 우리가 주는 눈치를 참을 수 없어 했을 수도…… 그래서……."

시은이가 말을 하다 말고 침을 삼켰다.

"그래서 뭐?"

민주가 묻다 말고 눈이 동그래져서 손바닥으로 자신의 입을 막았다. 순간 내 가슴은 철렁 내려앉았다.

"설마."

"말도 안 돼."

아이들이 술렁거렸다.

나는 자리를 박차고 일어났다.

"은우가 죽기라도 한다는 말이야? 은우는 그렇지 않아. 은우에 대해서는 내가 제일 잘 알아. 그런 말도 안 되는 상상은 하지도 마."

나는 문을 부서져라 닫고 방에서 나왔다. 눈물이 마구 쏟아졌다.

거기야!

몸이 제대로 서 있을 수도 없을 만큼 떨렸다. 입안의 침도 바짝 말랐다. 숨을 쉬면 코 밖으로 뜨거운 바람이 나왔다. 한걸음 한걸음 옮길 때마다 주저앉고 싶은 충동이 일었다. 안 돼, 은우를 찾아야 해. 은우를 찾아야 해. 나는 내 자신에게 다그쳤다.

호텔 로비를 나서자 기다렸다는 듯이 비바람이 얼굴을 때렸다. 다리에 힘이 빠지며 주저앉으려는 찰나에 누군가 내 팔을 움켜잡았다. 혁주였다.

"호텔 밖으로 나가지 말라고 하던데."

나는 말없이 혁주 손을 뿌리쳤다. 따지고 보면 모든 게 다 혁주 때문이다. 은우가 혁주를 좋아하는 거야 어쩔 수 없다고 치더라도 왜 자꾸 내 옆에서 얼씬거려서 우연에 우연을 겹치게 만들었는지. 그러지 않았더라면 일이 이 지경까지 되지는 않을 거다.

"날이 밝으면 찾아보자."

"날이 밝으면? 너는 날이 밝을 때까지 기다릴 수 있을지 모르지만 나는 아니야."

나는 혁주를 쏘아봤다. 날이 밝기 전에 무슨 일이 있으면? 그러면 어쩔 건데? 가슴속을 가득 메운 불안감은 소용돌이를 쳤다.

"은우가 죽기라도 하면 네가 책임질 거야?"

아차. 내가 무슨 말을 하는 거야. 나는 무책임하게 뱉어 낸 말에 나 스스로 더 놀랐다. 손바닥으로 입을 막았지만 이미 입 밖으로 나온 말을 주워 담을 수는 없었다. 말대로 된다고 그래서 말을 조심해야한다고 했는데 내가 한 말이 씨앗이 될까 봐 두려웠다.

"그럼 나도 같이 가."

우리는 무작정 앞으로 걸었다. 가면 갈수록 어둠은 더 깊어졌다. 끝이 보이지 않는 동굴을 걷는 기분이었다.

"이쪽은 수목원 가는 길이야."

아무것도 보이지 않는데 혁주가 말했다.

얼마를 더 걷다가 걸음을 멈췄다.

"은우야."

어둠을 향해 은우를 불렀다. 비바람 소리가 목소리를 덮었다. 은우를 부르는 소리는 멀리 가지 못하고 어둠 속으로 추락했다.

"은우야."

혁주도 은우를 불렀다. 하지만 혁주 목소리도 금세 사라졌다.

은우를 찾기 위해 나는 아무것도 할 수 없다는 것을 깨달았다. 아무것도 할 수 없다는 절망감이 어깨를 짓눌렀다.

"그깟 팔찌 버릴 수도 있지. 그깟 팔찌가 뭐라고."

후회가 되었다. 팔찌 때문에 감정이 격해져서 이성을 잃었다. 절대 그래서는 안 되었는데 아이들에게 은우 이야기를 하고 말았다.

팔찌 사건만 아니었다면 나와 은우 둘만이 끌어안고 갈 문제였다. 절교를 하든 그렇지 않든 둘이 해결할 문제였다. 그런데 그놈의 팔찌 때문에 일이 뒤틀렸다.

은우가 혁주 때문에 나를 배신한 것을 아이들이 알게 되었고 수학여행이 끝나고 나면 그 이야기는 더 부풀려져서 한참 동안 학교를 떠돌아다닐 거다. 떠돌아다니는 그 이야기를 이 아이가 잡고, 저 아이가 잡고, 더 부풀리기도 하고 빼기도 하며 마음대로 주물럭거릴 거다. 은우는 그걸 알고 있었다.

"은우야. 제발……."

시은이 상상처럼 그런 일은 절대 일어나지 않을 거라고 믿으면서도, 은우는 그런 아이가 아니라고 믿으면서도 불안했다. 은우가 만약 그렇게 된다면 나는 살 수 없을 거 같았다.

"팔찌?"

혁주가 물었다.

"혹시 이거 말하는 거야?"

혁주가 주머니를 뒤적이더니 뭔가를 꺼내 내 앞으로 내밀었다. 어두워서 자세히 보이지는 않았지만 분명 나와 은우가 나눠 낀 그 팔찌였다.

"이거 어디서 났어? 호텔 마당에서 주운 거야?"

내가 은우와 싸우면서 내 팔찌를 마당에 내팽개쳤었다.

"호텔 마당? 아니. 낮에 물고기를 잡을 때 은우가 모래밭에 떨어뜨린 거야. 주워서 바로 돌려주려고 했는데 아까 상황이 좀 그랬잖아. 은우가 많이 당황해하며 얼마나 빨리 돌아서는지 돌려줄 수가 없었거든. 그러고 나서도 돌려줄 기회가 없었어."

나는 팔찌를 받아 손안에 넣고 꼭 쥐었다. 손안에 있는지 없는지조차 느껴지지 않을 정도로 가볍고 작았다.

"그런데 보라 네가 오해를 하는 거 같다. 은우는 팔찌를 버리지 않았어. 내 손에 걸려서 팔찌가 끊어진 거거든. 은우는 아마 못 봤을 거야."

"떨어지는 거 은우가 바라보고만 있었어."

"그래? 내가 보기에는 아니었는데. 넘어지려는 거를 내가 잡아서 모래밭으로 데리고 나간 게 왜 그렇게 당황해할 일이었는지 모르겠지만 은우는 어쩔 줄 몰라 하느라 팔찌를 보지 못했어."

"정말이야?"

뭔가 무겁고 둔탁한 것에 한 대 얻어맞은 기분이었다. 머릿속이 하얘졌다. 혁주는 거짓말을 하는 거 같지 않았다. 혁주 말이 사실이라면 은우는 얼마나 억울했을까.

그때였다. 번득이는 빛 하나가 머리를 스치고 지나갔다.

"거기야."

은우는 거기에 갔을 거다.

"은우가 갈 만한 곳이 생각난 거야?"

나는 대답 대신 무작정 걸었다. 마음은 급했지만 몸이 마음을 따라오지 못했다. 걸음이 한없이 더디고 느렸다. 그럴 수밖에 없는 것이 비에 흠뻑 젖은 몸은 두세 배는 무거웠고 바람이 앞을 막았다. 빗물이 가득 찬 운동화도 발걸음을 잡았다.

"어디로 가는 거야? 방향은 알고 걷는 거야? 그러지 말고 가는 곳을 말해 봐. 내가 길을 잘 찾는 편이거든. 어렸을 때부터 별명이 나침반이었어. 나를 아무 데나 세워 놓고 동서남북이 어디냐고 물어보면 곧바로 알아냈어. 단 한 번도 틀린 적 없이 말이야."

"거기."

"거기 어디?"

"낮에 고기 잡던 곳."

내 말에 혁주는 잠시 말이 없었다.

"물고기 잡던 그 바닷가 말이야."

"은우가 거길 갔다고? 이렇게 비바람도 쳐서 거긴 위험할 텐데?"

"분명해. 팔찌 찾으러 갔을 거야."

혁주 말대로 은우가 팔찌가 끊어져 떨어지는 사실을 몰랐다면, 내 말을 듣고 나서 그 사실을 알았더라면 은우는 그러고도 남는다.

"내 말 못 믿어?"

"……."

"왜? 위험하니까 같이 가기 싫어서 그래?"

"아니 그런 거 아니야. 믿어. 보라 네 말을 믿어. 너는 은우에 대해 누구보다 잘 알고 있을 테니까. 거길 가려면 오른쪽으로 꺾어야 해."

혁주의 방향 감각은 탁월했다. 혁주를 따라 얼마를 걷자 비릿한 냄새가 코 안을 밀고 들어왔다. 마음이 급해졌다.

"잠깐."

혁주가 갑자기 걸음을 멈추며 양팔을 벌렸다.

"앞에 길이 없어. 길은 맞게 온 거 같은데 중간에 길이 없어졌어. 발에 부딪히는 물결이 달라. 빗물이 아니야."

나는 선 채로 발끝에 집중했다.

–찰싹찰싹!

발등을 때리고 가는 물은 고인 물이 아니었다. 고인 물은 비바람이 친다고 해서 흐를 수 없다. 그런데 지금 내 발등을 스치고 지나는 물은 밀려왔다가 밀려갔다. 그리고 다시 밀려왔다.

"바닷물이 여기까지 밀려온 거 같아. 지금이 밀물 때인가?"

'말도 안 돼……. 그럼 거기가 다 바다가 되었단 말이야?'

밀물이 들면 갯벌은 더 이상 갯벌이 아니고 모래밭은 더 이상 모래밭이 아니다. 썰물이 될 때까지 그냥 바다다. 만약 은우가 그곳에 갔다면 바다 한가운데에 있는 건가? 나는 서둘러 머리를 흔들었다. 다리에 힘이 빠져 제자리에 주저앉았다.

혁주가 휴대폰 손전등으로 앞을 비추었다.

"딱 2미터 정도야. 2미터 정도 물이 밀려왔고 저만큼은 다시 길이야. 이쪽 어디로 바다와 연결되는 곳이 있나 봐. 그곳을 따라 바닷물이 밀려온 거고."

"밀물의 영향 아니야?"

"내 생각으로는 여기와 바다까지는 제법 거리가 있어. 그리고 낮에 봤던 거로 보면 밀물 때라고 해서 바닷물이 여기까지 밀려오기는 힘들어."

아까 경찰이 했던 말이 떠올랐다. 비가 내리면 바닷물이 흘러들어오는 길이 있다는 말.

"길이 보이면 건너가도 되는 거 아니야?"

"깊이를 제대로 알 수 없어서 함부로 건널 수는 없을 거 같아. 의외로 물결이 셀 수도 있어."

길에 바닷물이 밀려왔으면 얼마나 밀려왔겠냐고, 물결이 세면 또 얼마나 세겠으며 깊으면 또 얼마나 깊겠느냐고 나는 당장 건너가자고 했다. 혁주는 잠깐 기다리는 말과 함께 길옆 나무가 우거진 곳으로 조심스럽게 내려갔다.

–주르르르륵

미끄러지는 소리가 들리고 곧이어 쿵! 소리가 났다. 들릴 듯 말 듯 신음 소리도 들렸다.

"괜찮아?"

"응, 괜찮아."

잠시 후 혁주는 긴 나뭇가지를 들고 올라왔다. 혁주가 다리를 절뚝거렸다.

"다리 다친 거니?"

"괜찮아."

혁주는 아무렇지도 않은 목소리로 흙투성인 손바닥을 번쩍 쳐들고 빗물에 손을 씻었다. 혁주 손에서 흘러내리던 흙물이 코밑으로 튀었다. 순간 흙냄새가 물씬 풍겼다. 신기하게도 그 냄새를 맡자 마음이 조금은 편해졌다. 혁주에게 믿음이 갔다. 혁주와 함께라면 그곳으로 무사히 갈 수 있을 거 같았다. 혁주는 나뭇가지로 물 깊이를 재어 본다고 했다.

"나뭇가지는 이미 비에 젖었는데 무슨 수로 깊이를 재?"

맑은 날이면 나뭇가지는 젖지 않았을 테니 나뭇가지로 깊이를 재는 거는 쉬운 일이다. 하지만 이미 젖을 대로 젖은 나뭇가지를 물속에 넣었다 꺼낸다고 해서 어디부터가 이미 젖었던 곳이고 어디부터가 지금 젖은 곳인지 분별하기는 불가능하다.

"나뭇가지 맛을 보면 돼. 짠맛이 나는 데까지가 물의 깊이야."

아. 그런 방법이! 나는 나뭇가지로 물 깊이를 재는 혁주 뒷모습을 바라봤다. 은우는 혁주의 저런 모습을 봤을까? 그래서 좋아하게 된 걸까? 봤다면 어디에서 본 걸까?

혁주의 동선은 정해져 있었다. 학교에 오면 자리에서 잘 일어나지 않았고 급식실에서도 지정석처럼 늘 앉는 자리에 혼자 앉아 밥을 먹었다. 수업을 마치면 혼자 집에 갔고 아침에도 항상 혼자 교실에 들어왔다. 학교에서도 은우와 혁주가 마주칠 일은 없었다. 수업이 끝나고도 은우는 대부분 나와 같이 돌아가기 때문에 혁주를 따로 만날 일은 없었다. 어찌 되었든 혁주의 저런 모습을 은우가 봤다면 은우 마음을 이해할 수 있을 거 같았다.

"생각보다 깊어. 낮에 봤을 때 길 중간에 내리막길이 있었거든. 여기가 바로 그곳일 수도 있어. 만약 그렇다면 우리가 생각하는 거보다 훨씬 더 깊을 수 있어."

혁주가 말했다.

혁주와 나는 앞으로 나가지도, 그렇다고 해서 호텔로 돌아가지도 못한 채 비바람을 맞으며 서 있었다. 혁주는 어차피 건너가지 못할 거 호텔로 돌아가자는 말을 하지 않았다. 내 마음을 알아서일 거다.

"담임한테 말할까?"

혁주가 물었다. 말하나 마나다. 담임은 날이 밝을 때까지 기다려 보자고 할 거다.

한기가 들었다. 저절로 아랫니와 윗니가 부딪혔다. 너 완전 많이 떨어, 어디 아픈 거 아니냐, 하며 혁주가 걱정했다. 나는 고개를 저으며 아무렇지도 않다고 했다. 혁주에게 호텔로 돌아가라고 했지만 혁주는 같이 있겠다고 했다.

막아 버린 귀

다행히 빗줄기가 점차 잦아들었다. 바람도 함께 잔잔해졌다.

"나는 너 별로였어. 아까까지만 해도."

옆을 묵묵히 지키고 서 있는 혁주를 보고 속마음이 저절로 나왔다. 아마 어둠 탓일 수도 있다.

"나도 네가 나를 별로 좋아하지 않는다는 거 알아. 너뿐 아니라 다른 애들도 나를 별로라고 생각하고 있다는 거 다 알고 있어."

혁주는 덤덤하게 대꾸했다. 알고 있겠지. 두호와 소하 사건은 펄펄 끓는 이슈였고 그 사건 이후 아이들은 철저하게 두호를 피해자로, 혁주와 소하를 가해자로 여기고 갖은 눈치를 주었으니까.

"그런데 지금 보니까 꽤 괜찮은 면이 있네. 아, 그렇다고 해서 너에 대한 감정이 다 없어졌다는 말은 아니야. 나는 우정이든 연애든 배신자들을 제일 싫어하거든. 네가 지금 꽤 괜찮은 모습으로 보이기는 하지만 그렇다고 해서 배신자의 모습을 다 가릴 정도로 감동적인 거는 아니야. 다만 이런 면이 있는 네가 어쩌다가 두호를 배신했을까,

안타까운 마음이 들었어."

역시 어둠 탓이다. 얼굴이 안 보이니까 이런 말이 아무 스스럼없이 나오는 거다. 혁주는 말없이 내 말을 듣고만 있었다.

"왜 그랬어? 뭐, 소하가 그만큼 좋아서 그랬겠지만. 사실 그것도 이해가 잘 되지 않아. 솔직히 말하면 소하는 두호랑은 어울리지만 너랑은 영 아니거든. 소하를 얼마나 좋아했길래 두호를 배신할 수 있었는지 나로서는 도무지 이해할 수가 없어. 내가 너였다면 소하보다는 두호가 몇 배나 더 소중했을 텐데."

"나는 두호를 배신하지 않았어."

혁주가 중얼거리듯 말했다.

"뭐?"

"믿어 주지 않겠지만 나는 두호를 배신하지 않았다고. 소하를 만난 건 두호에 대해 의논하려고 그랬던 거야. 그런데 소하를 만나는 걸 두호가 봤고 오해를 한 거야. 두호는 절대 나와 소하 말을 들으려고 하지 않았어. 두껍고 단단한 벽 같았어. 아무리 외쳐도 목소리는 그 벽을 뚫지 못했고 도리어 벽에 튕겨져 나왔어. 그래서 목소리를 더 내 봤자 소용없다는 걸 깨닫고 포기했지. 소하가 전학 가던 날, 나는 소하가 말도 못 하게 부러웠어. 전학이라도 갈 수 있는 형편이라서 좋겠다, 나도 그랬으면 얼마나 좋을까. 하지만 나는 그럴 상황이 안 됐고 그냥 견디기로 했어. 견디는 거 말고는 다른 방법이 없었어."

혁주는 진지했다. 진지했지만 나는 혁주 말을 믿을 수 없었다. 그랬다면 그때 진실을 밝혔어야지. 아무리 뚫리지 않는 벽이라고 하더라도 방법은 있는 거다. 세상에 불가능은 없다는 말이 있다. 두호도 떠나고 소하도 떠났다. 그리고 혁주의 이미지도 이미 망가진 상태다. 이제 와서 저런 말을 한다고 해서 달라질 거는 없다.

어느새 비는 완전히 그쳐 있었다. 바람도 뚝 멈췄다. 파도 소리가 들렸다.

"소하도 억울해서 팔짝 뛰고 싶었을 거야. 사실은 내가 먼저 소하를 만나자고 했거든. 나는 두호가 주먹 좀 쓴다는 애들하고 어울려 다니는 게 싫었어. 두호는 한영중학교를 주름잡는다는 애들과도 어울렸어. 그 애들은 상상할 수 없을 정도로 거칠고 무서운 애들이야. 두호가 소하 말을 잘 들으니까 소하와 힘을 합해서 두호를 그 무리에서 꺼내고 싶었어. 소하도 찬성을 했고. 그런데 일을 제대로 꾸미기도 전에 소하를 만나는 걸 두호한테 들킨 거지. 오해는 그렇게 시작된 거야."

혁주 목소리가 떨렸다.

"친한 사이인데 그 정도 오해도 못 풀어? 말도 안 돼."

나는 고개를 저었다.

"두호 생각은 확고했어. 자신의 생각만이 옳다고 믿었어. 남들이 볼 때는 갈색이나 회색으로 볼 수도 있는데 두호는 검은색이라고 믿으면 그걸로 끝이었어. 남의 의견을 절대 받아들이지 않았지. 두호는 나와 소하의 말은 절대 듣지 않기로 결심을 하고 귀를 완전히 막아 버린 거야. 막아 버린 귀에 대고 말을 해 봤자 소용없는 일이잖아. 두호와 그렇게 되고 나서 나는 누구보다 힘들었어."

혁주가 더 마음 아팠던 것은 그 일 이후에 두호의 무덤덤함이었다고 했다. 차라리 미워하고 괴롭혔더라면 그렇게 마음이 아프지는 않았을 거라고 했다. 아무렇지도 않은 듯한 두호를 볼 때마다 혁주는 숨을 쉴 수 없을 정도로 힘들었다고 했다.

"나는 내가 두호에게 얼마나 많이 기대고 있었는지 절교를 하고 나서야 더 절실히 깨달았어."

혁주 목소리는 여전히 떨렸다.

"나는 두호가 왜 그랬는지 알아. 씩씩한 척한 거야. 그게 너 때문에 무너진 자존심을 지키는 길이라고 여겼을 거니까."

두호는 분명 그랬을 거다.

"무슨 말이야?"

"그건 한마디로 설명하기 힘들어. 그런 게 있어."

나는 얼버무렸다.

"아무튼 그 일 고마워. 나는 지푸라기라도 잡는 마음으로 너를 만난 걸 담임에게 말했지만 네가 사실대로 말해 줄 거라고는 생각하지 않았거든. 다들 나를 싫어하고 있는 거를 알고 있었으니까. 그런데도 얘기해 줘서 고마워."

혁주가 그날 일을 꺼냈다.

"나도 네가 좋아서 도와준 거는 아니야. 그런데……."

가방 때문에 흔들린 마음을 지금 이야기하기에는 너무 길고 복잡했다.

"그래서 선물을 사물함에 넣어 놓은 거니?"

"그것도 그렇고 또……."

혁주가 무슨 말인가 하려는 순간 저만큼에서 뭔가 보였다. 흐릿했지만 사람의 형체가 분명했다.

"은우인가 봐. 은우야!"

나는 건너편을 향해 소리쳤다. 하지만 대답은 돌아오지 않았다.

나는 혁주가 들고 있는 나뭇가지를 빼앗았다.

"나뭇가지로 앞을 짚어 보면서 건너가면 돼. 걱정하지 말고 너는 여기에 있어."

"같이 가. 내가 할 테니까 너는 내 뒤로 따라와."

혁주가 나뭇가지를 도로 빼앗아 갔다.

종아리까지 오던 물이 어느 순간 허벅지까지 깊어졌다. 그리고 허벅지까지 차던 물이 갑자기 허리까지 왔다. 죽을지도 모른다는 공포가 한순간 밀려왔다. 나는 그 자리에 서서 꼼짝할 수가 없었다. 몸이 얼음처럼 얼어붙어 움직일 수가 없었다.

"괜찮아. 내리막길 끝인 거 같아. 다시 올라가는 일만 남았어. 나를 꽉 잡아. 떠내려갈 수도 있어."

혁주는 침착했다. 혁주 셔츠 자락을 잡고 천천히 발을 뗐다. 물은 다시 허벅지로, 그리고 종아리로 점점 얕아졌다.

드디어 길이 나왔다. 길을 따라 달렸다. 바다에 도착해서 모래밭을 샅샅이 뒤지고 다녀도 은우는 보이지 않았다. 아까 분명 사람의 형체를 봤는데. 혁주는 내가 본 것을 내가 만들어 낸 그림자라고 했다. 눈에 보이지 않는 물체도 어느 순간 그림자를 만들어 낸다고 말이다. 나는 혁주 말이 이해가 되지 않았다. 형체가 없는데 어떻게 그림자를 만든다는 건지. 혁주는 자신의 경험으로 그걸 알게 되었다고 했다. 가끔 거울 앞을 스치고 지나갈 때면 자신의 얼굴에 드리워진 그림자가 있다고 했다. 이목구비의 그림자도 아닌, 그렇다고 해서 이마나 머리의 그림자도 아닌 마음이 만들어 낸 그림자라고 했다. 혁주는 우울할 때 자주 그 그림자를 만난다고 했다. 그러니까 아까 내가 본 거는 은우를 간절하게 찾고 싶은 내 마음이 만들어 낸 그림자라고 했다.

"그러니까 쉬운 말로 내가 헛것을 봤다는 말이야?"

"헛것은 내 마음과 상관없이 볼 수도 있어. 하지만 내가 말하는 마음의 그림자는 아니야. 마음과 연관되어야만 볼 수 있어."

어려웠다. 뭐가 뭔 소리인지.

"쉽게 말해서 네가 은우를 간절하게 찾고 있다는 말이야. 더 쉽게 말하면 너는 은우를 되게 좋아하고 있고."

잦아들었던 비가 다시 내리기 시작했다. 금세 빗줄기가 굵어지고 바람도 거세어졌다.

"호텔로 돌아가자. 여기에 은우가 없는 거는 확실하니까."

혁주가 앞장섰다.

하지만 길은 중간에서 끊겼고 그 물의 깊이는 아까와는 또 달랐다. 발밑으로 느껴지는 물살의 세기가 확연하게 차이가 났다. 무시하고 건너다가는 떠내려갈 수도 있을 거 같았다.

길을 덮은 물이 점점 그 넓이를 넓혀 갔다. 나와 혁주는 물이 떠미는 대로 뒤로 물러났다. 어느새 모래밭 입구까지 와 있었다.

성난 파도는 바람 따라 덩치를 키웠다. 파도가 밀려올 때마다 물보라가 온몸을 덮쳤다. 모래밭은 점점 바다에 점령당하고 있었고 길도 바닷물에 덮여 가고 있었다.

"밀물 때인가 봐."

혁주 말에 정신이 아득해졌다. 혁주는 주머니를 뒤적였다. 검색을 해 보면 이곳의 만조가 몇 시인지 알 수 있을 거라고 말이다. 하지만 아무리 뒤져도 혁주 휴대폰은 없었다. 혁주는 나뭇가지를 구하러 들어갈 때 미끄러지면서 휴대폰을 떨어뜨린 거 같다고 했다. 나는 젖은 점퍼 주머니에 손을 넣었다. 내 휴대폰도 없었다.

"방법이 있을 거야. 걱정하지 마. 만조가 되어도 숲은 바다에 잠기지 않아. 생각해 봐. 바닷물에 잠긴다면 나무가 그렇게 푸르게 잘 자랄 수는 없거든. 최악의 경우 나무에 올라가 있으면 돼."

혁주가 내 손을 잡았다. 나는 천천히 고개를 끄덕였다.

그때였다. 비바람 사이로 얼핏 사람 목소리가 들렸다. 누군가를 애타게 부르는 목소리였다.

나, 좋아하지 마

"그러니까 둘이 거기에 왜 가 있었느냐고? 밖에 나가지 말라고, 나가면 안 된다고 그렇게 말했는데도 비바람 치는데 둘이 왜 나갔느냐고? 너희들은 선생 말을 이웃집 개 짖는 소리 정도로 생각하냐? 엉? 야, 이웃집에서 짖어 대는 개들이 이유 없이 짖어 대는 줄 알아? 따지고 보면 다 이유가 있어. 내가 절대 나가지 말라고 하면 나가지 말라는 이유가 있는가 보다 하고 나가지 말아야지. 왜 사람 속을 이렇게 팍팍 썩여?"

담임은 이성을 잃은 거 같았다. 킹콩처럼 주먹으로 가슴을 치며 화를 내다 성이 차지 않는지 발로 바닥을 쾅쾅 구르기도 했다. 담임의 저런 모습은 처음이었다.

"허 선생님. 그만하십시오. 무사히 돌아왔으면 된 거 아닙니까?"

여러 가지 앞뒤 상황으로 보나 평소의 성격으로 보나 팔팔 뛰는 것은 교장 선생님이 더 어울렸다. 그런데 교장 선생님은 의외로 조용하다 못해 고요했다.

"교장 선생님. 제가 오늘 지옥 맛을 제대로 봤습니다. 교장 선생님도 옆에서 그걸 보셨으면서도 그만하라는 말씀이 나오십니까?"

교장 선생님에게 바락바락 악을 쓰는 걸 보면 담임은 확실히 이성을 잃었다.

"나는 허 선생님처럼 화를 낼 기운조차 남아 있지 않습니다. 들어보세요. 얼마나 애들 이름을 부르며 다녔는지 목소리가 확 가지 않았습니까? 내 생전 목소리가 이렇게 쉬어 본 것은 오늘이 처음입니다. 나중에, 나중에 얘기합시다. 애들도 젖은 옷은 갈아입어야 하지 않습니까."

"왜 나갔느냐고?"

담임은 교장 선생님 말이 끝나기 무섭게 소리를 빽 질렀다.

"은우 찾으러요."

"아주 지랄들을 해요, 지랄들을. 하나가 없어져서 하나를 찾아 놓으니 둘이 없어져. 둘이 어디 갔나 하고 찾아 헤매러 다니는데 찾아 놓은 하나가 또 없어져. 다시 하나를 찾아서 왜 다시 나갔느냐고 물어보니까 둘을 찾으러 갔대. 그런데 둘을 찾으니까 그 하나를 찾으러 갔다고 하네. 너희들 나하고 무슨 게임하냐?"

"은우 찾았어요?"

혁주는 아리송하고 어수선한 담임 말을 단박에 알아들었다.

"그래, 찾았다. 대한민국 경찰하고 대한민국의 평범한 교사와 교장이 찾았다."

"날이 밝을 때까지 기다리자고 그러셨잖아요? 못 기다릴 거 같아서……."

"하여간 골 때려요. 날이 밝으면 본격적으로 찾아보자는 말이지 날이 밝을 때까지 손 놓고 멍청하게 앉아서 기다리자는 말이었겠냐? 그리고 설사 그렇다고 해도 낯설고 물설은 이 섬에서 폭풍우 몰아치는 밤에 너희들이 뭘 할 수 있다고 나서, 나서기를? 야, 그래도 은우는 밀물이 시작될 때 거기에서 빠져나왔어. 그런데 너희들 둘은 무식한 건지 용감한 건지 밀물이 들 때 그곳으로 파고들었어. 하긴 밀물이 드는 곳으로 은우가 다시 파고들다 중간에 잡혀 왔지."

옆에 있던 경찰 한 명이 덧붙였다.

"학생, 거기 큰일 나. 숲 중간에 바닷물이 흐르는 길이 있는데 밀물이 들 때면 바닷물이 흘러 들어오거든. 만조가 되면 백사장도 사라지고 그 주변은 한순간 바다로 변한다고. 구사일생! 오늘이 학생들이 새로 태어난 생일날인 줄 알아. 아무튼 이제 저희는 그만 가 보겠습니다."

경찰 둘이 거수경례를 하고 나갔다.

담임은 날이 밝으면 이야기하자면서 방으로 돌아가라고 했다.

"보라 네 말이 맞았어. 은우는 역시 거기에 갔었어. 역시 은우에 대해 보라 네가 제일 잘 아는 거 같아. 그리고 보라 너에 대해 잘 아는 애는 은우고. 은우도 네가 거기에 갔을 거라는 걸 알고 찾으러 나선 거잖아. 지금 약간의 문제가 있는 거 같지만 곧 괜찮아질 거야."

혁주가 밖으로 나오자 말했다.

"일은 그렇게 간단하지 않아. 아니, 더 복잡해졌어."

내가 은우를 찾아 나선 것을 은우는 알고 있다. 하지만 왜 하필 혁주와 같이 나갔느냐고 물어보면 할 말이 없다. 그것도 우연이었느냐고 따지고 들면 더 할 말이 없다.

"물어볼 말이 있어."

나는 혁주를 똑바로 바라봤다. 나 역시 그게 우연이었는지 아니면 혁주가 내 이름이 적힌 쪽지를 뽑아서였는지 궁금했다.

"너, 식당에서 밥 먹을 때 왜 내 옆으로 왔어? 그리고 내가 바다에 나갔을 때 바다로 나온 것도 진짜 우연이었어? 아니면 내 이름이 적힌 쪽지를 네가 뽑은 거야? 그래서 내가 밤에 나가니까 쫓아온 거였어? 나를 뽑았으면 지켜 줘야겠다는 생각이 있었을 수도 있으니까 묻는 말이야."

"나 네 이름 안 뽑았는데? 그리고 식당이라니? 아하, 그건 교장 선생님이 담임 옆에 앉으면서 중요한 말을 할 거라고 자리를 비켜 달라고 하셨거든. 그러면서 보라 옆으로 가라, 이러고 너를 꼭 집어 말하는 거야. 그냥 아무 데나 앉아도 되는데 내가 좀 소심한 구석이 있어서 말이야. 교장 선생님이 앉으라고 한 자리에 앉아야 마음이 편할 거 같아서. 그리고 바다에 갔던 날도 너를 따라간 게 아니었어. 사실 나도 바닷가에 누군가 서 있어서 얼마나 놀랐다고. 그런데 보라야, 사실은……."

혁주가 무슨 말인가 할 듯 말 듯 망설였다. 혁주와 눈이 마주쳤다. 혁주가 당황해하며 내 눈을 피했다. 가슴이 철렁했다. 혁주의 눈빛을 보는 순간 무슨 말을 할 건지 알 수 있었다.

"하지 마."

나는 혁주가 말을 꺼내기 전에 단호하게 잘라 말했다.

"뭘?"

"지금 네가 하려고 하는 말, 하지 말라고. 그 말을 들으면 내 머릿속이 더 복잡해질 거 같아."

식당에서 내 옆에 앉은 것과 바다에서 만났던 것은 혁주 의도와는 전혀 상관없다고 쳐도 그 밖의 다른 일들을 되새겨 보면 혁주의 마음이 어떤지 알 수 있었다. 내 이름이 적힌 쪽지를 뽑지 않았다는 말이 내 짐작에 힘을 더 실어 주었다. 오늘 같은 밤, 선뜻 따라나서기는 쉽지 않다. 위험한 길도 마다하지 않고 따라오고, 하자는 대로 다 해 주기 쉽지 않다. 그건 혁주가 나를 좋아해야만 가능한 일이다.

"내가 무슨 말을 하고 싶어 하는지 알고 있어?"

"당연하지. 혁주 너는 좋은 애가 맞는 거 같아. 오늘 보니 그래."

인정한다.

"고마워."

"너에 대한 오해가 다 풀리고 다른 애들도 네 진면모를 봤으면 좋겠어."

진심이다.

"고마워."

"하지만……."

마른침을 넘기느라 잠시 말을 멈췄다.

"나는 배신자를 싫어해."

"나는 두호를 배신하지 않았다니까."

"아아, 그래, 알아. 그걸 말하는 게 아니야. 나는 다른 사람들이 배신하는 것도 싫지만 내가 누군가를 배신하는 것도 싫어. 그건 있을 수도 없는 일이거든. 배신을 당한 사람은 긴 시간을 깊고 깊은 동굴 속에서 살아야 해. 그 동굴 안은 빛 하나 들어오지 않아. 아까 우리가 바닷가에 있었을 때 집채만 한 파도 덩어리 봤지? 그거 밀려올 때 나는 숨 막혀 죽는 줄 알았어. 그런데 동굴 속에 갇힌 사람은 그것보다 더 숨 막히는 생활을 해야 해. 나는 누군가를 그런 동굴 안으로 밀어 넣는 거 못 해."

은우가 혁주를 얼마나 좋아하고 있는지 알면서 그럴 수는 없다. 멍청하게 서서 혁주 고백을 받을 수는 없는 거다. 그건 은우를 동굴 안에 밀어 넣는 일이다. 외할머니처럼, 엄마처럼, 이모처럼, 은우는 그런 시간을 보내야 한다. 그건 안 된다.

"네가 하려고 하는 말을 다 들으면 나는 누군가를 배신하게 되는 거야."

"누구를 배신한다는 거야?"

혁주가 고개를 갸웃거렸다.

"사실은……."

나는 혁주를 똑바로 바라봤다.

'은우가 너를 좋아하고 있거든. 은우가 왜 말도 안 되는, 실현 불가능한 이상한 프로그램을 물고 와서 들이밀었는 줄 알아? 그게 다 너 때문이야. 실제 있는지도 없는지도 모르는 사랑도의 힘에라도 기대고 싶을 만큼 너를 좋아한 거지. 은우와 나 사이에는 둘만 아는 비밀 같은 게 있어. 서로 약속한 게 있다는 말이야. 그런데 은우는 그 약속을 깰 만큼 너를 좋아하고 있어. 은우와 내가 싸우게 된 이유도 그거야. 거기에다 은우는 지금 우리 사이를 의심하고 있는 중이거든. 너와 나 사이에 이상하리만큼 우연이 겹쳤잖아. 나는 절대 아니라고 팔짝 뛰었어. 그런데 네가 나를 좋아하고 있다는 사실을 은우가 알아 봐. 내가 네 고백을 들었다는 걸 알아 봐. 은우 기분이 어떻겠니? 나는 그럴 수 없어.'

나는 마음속으로 할 말을 정리했다.

"야!"

그때였다. 담임 목소리가 복도 천장을 부술 듯 울렸다.

"방에 들어가라는데 또 무슨 모의를 하려고 그러고 있어? 왜, 다시 또 나가려고? 한 번만 더 나가 봐라. 내일 이 섬에다 버려두고 갈 테니까. 얼른 안 들어가?"

"들어가요!"

나도 덩달아 소리쳤다.

"뭘 잘했다고 소리를 빽빽 지르고 난리야?"

담임 목소리가 더 커지는 순간,

"허 선생님. 제발 사람 좀 살려 주십시오. 그렇지 않아도 놀란 가슴이 아직도 진정이 안 됐는데 왜 소리를 지르고 난리이십니까."

교장 선생님의 목소리가 들렸다. 담임은 주먹을 들어 보이고는 문을 쾅 닫았다.

"내가 너한테 무슨 말을 할 거라고 생각하는 거야? 그리고 그 말을 들으면 누구를 배신한다는 건지 잘 모르겠지만 일단 들어가. 나중에 다시 얘기하자."

혁주가 돌아섰다.

나는 혁주를 불러 세웠다. 자세히 다 말할 수는 없지만 한마디는 꼭 해야 할 거 같았다.

"나, 좋아하지 마."

나는 되도록 침착하고 감정이 실리지 않는 덤덤한 목소리로 말했다. 혁주 눈이 휘둥그레졌다. 그걸 어떻게 알았느냐고? 네가 여태 보여 준 행동들이 다 말해 주고 있었어.

"좋아하지 말라고."

나는 다시 한번 또박또박 말한 다음 얼음처럼 굳어 있는 혁주를 두고 방으로 들어왔다.

방으로 들어가자 아이들이 우르르 몰려왔다.

"어떻게 된 거야? 혁주랑 둘이 어디로 사라졌던 거야?"

"야. 성지야. 너 무슨 질문을 그렇게 자극적으로 하냐? 어디에 갔었느냐고만 물어봐."

시은이가 말했다.

"내일 담임이 다 말해 줄 거야."

나는 담임에게 모든 걸 미뤄 버렸다.

"괜찮은 거지?"

나는 한쪽 구석에 앉아 있는 은우에게 다가가 물었다.

"응. 너도 괜찮아서 다행이야."

은우 얼굴에 보일 듯 말 듯 웃음이 떠올랐다.

"이거."

나는 혁주에게 받은 팔찌를 은우에게 내밀었다.

"찾은 거야? 모래밭에서?"

"응? 으응. 맞아, 그래. 너 이거 찾으려고 바닷가에 갔던 거지?"

은우가 고개를 끄덕였다.

"네가 없어졌을 때 거기에 갔을 거라고 생각했어."

"나도 이거."

은우가 팔찌를 내밀었다. 내가 호텔 마당에 집어 던진 팔찌였다.

"따뜻한 물에 샤워하고 빨리 옷 갈아입어."

은우가 내 캐리어를 뒤져 옷을 꺼내 주었다.

선물 상자의 진실

진한 화장품 냄새에 눈을 떴다. 방 안이 분주했다. 창문으로 눈부신 아침 햇살이 쏟아져 들어오고 있었다. 새벽까지 무지막지하게 몰아치던 비바람이 마치 꿈인 듯 아득했다. 어젯밤의 일들도 꿈을 꾼 듯했다.

"자."

내가 눈을 뜨기를 기다렸다는 듯 성지가 뭔가 불쑥 내밀었다.

"뭐야?"

"약. 너 새벽에 엄청 앓았어. 열도 얼마나 펄펄 끓는지 옆에 가면 타 죽을까 봐 못 갈 정도였다니까. 담임한테 말했더니 일단 약 먹고 섬에서 나가면 병원에 가서 링거 맞자고 그러더라. 우리는 아침 먹으러 갈 건데 너는 못 일어나겠으면 그냥 누워 있어."

아이들이 몰려나갔다.

"괜찮아?"

은우가 이마에 손을 올렸다.

"괜찮아. 너는 어때? 너도 비 맞았잖아?"

"나는 진짜 괜찮아. 미안해. 나 때문에."

"너 때문이 아니야. 그러니까 얼른 밥 먹으러 가."

언뜻 보면 은우 때문인 것이 맞다. 은우 때문에 신경 쓰느라고 열이 나고 몸 상태가 별로였다. 거기에다 은우가 없어지는 바람에 밤새 비를 맞고 돌아다니느라 이렇게 된 거다. 하지만 따지고 보면 은우 탓이 아니다. 은우 생각이 변했다고, 예전에 약속한 것과 다르다는 이유로 귀를 닫고 마음을 닫은 탓이다. 무조건 배척하고 미워한 탓이다. 은우는 약속을 깨기는 했지만 나에 대한 마음은 변하지 않았다. 변했다면 내가 어떤 생각을 갖든 상관하지 않았을 거다. 나에게 이해해 달라고 매달리지도 않았을 거다. 중요한 것은 바로 그거다. 나는 약속 하나에 마음까지 다 들어 있다고 믿었다. 약속 하나 지키지 못한다고 모든 것이 다 변한 거라고 믿었다.

'이제 겨우 열여섯 살인데 앞으로 어떤 일이 닥칠 줄 알아? 한번 약속한 거는 꼭 지키는 게 중요하긴 하지만 어쩔 수 없는 경우도 있는 거야.'

나는 내 스스로에게 말하듯 중얼거렸다.

나는 자리를 털고 일어났다. 어지럽기는 했지만 지금 은우에게 꼭 해 줄 말이 생각났다. 생각났을 때 빨리 말해 주고 싶었다.

"혁주라서 내가 용서해 주는 거다."

나는 은우에게 할 말을 연습하며 엘리베이터를 탔다. 이 말은 사실이다. 은우가 혁주 같은 아이를 좋아해서 다행이다. 혁주는 좋은 아이가 맞다.

'혁주가 은우 마음을 받아 주었으면 좋겠어. 그러기 위해서는 혁주가 나에게 다가오지 못하도록 더 벽을 단단하게 만들어야 해.'

나는 결심을 더 단단히 했다.

'그런데 만약…….'

나는 식당 문 앞에서 멈춰 섰다. 걱정 하나가 먹구름처럼 밀려왔다. 만약 혁주가 은우를 좋아하지 않는다면? 끝까지 나를 좋아한다고 하면? 그러면 어떻게 하지? 내가 혁주 마음에 움켜쥐고 이래라 저래라 마음대로 할 수도 없고 말이다.

'혁주에게 다시 한번 말해야겠어. 나를 좋아하지 말라고.'

왜 좋아하면 안 되느냐고 물으면 뭐라고 대답해야 하나, 그게 걱정이었다. 외할머니, 엄마, 이모까지 우리 집에 얽힌 역사들을 혁주에게 이야기할 수는 없다. 그래서 나는 죽을 때까지 남자 친구를 만들지 않을 것이며 내 사전에 결혼 같은 거는 없다는 말도 할 수 없다. 생각에 생각을 거듭한 결과 답은 하나였다.

"나는 이미 남자 친구가 있거든."

나는 혁주에게 할 말도 미리 연습했다. 너와 나는 운명이 아닌가 봐, 너의 운명을 찾아봐, 이 말도 뒤에 얹기로 했다.

그때 혁주가 엘리베이터에서 내렸다. 가슴이 쿵쿵 뛰었다.

"괜찮아?"

혁주가 물었다.

"응?"

"아프다고 그러던데 괜찮냐고."

"그럼 괜찮지. 내가 얼마나 튼튼한데. 나를 상대할 바이러스는 이 세상에 없어. 내가 무적의 연보라거든. 무적이 뭔지 알지? 적이 없다는 말이야."

아, 내가 지금 뭔 말을 하고 있는 거야? 괜찮다고 한마디만 하면 되는 거지 뭘 이렇게 주절거리고 있는 거지.

"다행이다."

혁주가 고개를 끄덕이더니 식당을 들어가 버렸다.

"뭐야? 끝이야?"

혁주 뒤통수를 바라보는데 머리를 한 대 얻어맞은 기분이었다. 쟤가 왜 저러지? 다행이다! 딱 한마디로 끝나는 거야? 비를 그렇게 맞았는데 정말 괜찮은 거야? 되게 걱정했어, 뭐 이 정도는 말해야 하는 거 아닌가? 내가 새벽에 나를 좋아하지 말라고 했다고 저러는 건가? 그래도 그렇지 아프다는 사람한테 너무한 거 아니야? 생각해 보면 혁주는 내가 원하는 대로 해 준 건데 마음이 아주 복잡했다.

그때였다. 승현이가 식당에서 나오다가 나를 보더니 우뚝 멈춰 섰다. 그러더니 다짜고짜 피식 웃었다.

"아프다더니 괜찮아?"

승현이가 다가왔다. 승현이 입에서 반찬 냄새가 물씬 풍겼다. 그렇지 않아도 속이 메스꺼운데.

"벌써 아침 다 먹은 거야?"

구역질이 올라오는 거를 겨우 참고 물었다.

"응. 오늘 아침 반찬 완전 좋아. 그런데 보라야."

승현이가 목소리를 낮추더니 식당 안을 기웃거렸다. 누구도 이쪽을 눈여겨보는 사람이 없다는 걸 확인한 승현이는 내 팔을 끌고 비상계단 쪽으로 갔다.

"왜?"

"할 말이 있어서 그러지."

승현이가 또 가까이 다가왔다.

"그 할 말이라는 거 좀 떨어져서 해라. 반찬 냄새 장난 아니거든."

나는 참지 못하고 한마디 했다.

승현이가 주춤거리며 두어 발 물러서더니 주머니를 뒤적였다. 나는 승현이가 점퍼 주머니에서 꺼내는 작은 상자를 보는 순간 심장이 멎을 만큼 놀랐다. 승현이가 꺼낸 것은 바로 그 선물 상자였다. 혁주가 나에게 주었던 선물 상자 말이다. 혁주에게 돌려주었는데 저걸 왜 승현이가 가지고 있는지 모르겠다.

"이게 혁주 가방에 있더라니까. 어제 너랑 혁주 사라졌을 때 너희들 찾으려고 난리 났었어. 혹시 혁주가 사라진 단서라도 찾을 수 있을까 싶어서 혁주 캐리어를 열어 봤지. 오죽 답답했으면 남의 캐리어를 열어 봤겠니? 그 마음 너도 이해하지? 그런데 혁주 캐리어 안에 이게 있더라고. 여기 '보라에게'라고 쓴 거 보이지? 혁주가 너 주려고 준비했나 본데 혁주가 좀 내성적인 성격이잖아? 그래서 못 주고 있는 거 같아서 내가 가지고 나왔지. 뭐, 어젯밤에 같이 은우를 찾으러 다닌 걸 보면 선물은 못 전해 줬어도 이미 마음은 전해 줬을 수도 있지만 말이야."

승현이가 키득거리고 웃기 시작했다. 나는 승현이가 들고 있는 선물 상자를 낚아챘다. 내가 받지 않으면 승현이는 이걸 아이들에게 보여 줄 수도 있다. 그러면 은우도 보게 된다.

"잘해 봐라. 파이팅."

승현이가 주먹까지 쥐어 보이며 외쳤다.

"누구누구 알아? 이거에 대해서 말이야."

나는 선물 상자를 흔들었다.

"그게 뭐가 중요해? 이미 너와 혁주가 사귀게 될 거라고 다 믿고 있을 텐데. 하지만 뭐 비밀로 해 달라고 하면 비밀로 해 줄게. 사실 남의 캐리어를 뒤졌다는 게 좀 그렇잖아. 그래서 아직 아무에게도 말 못 하고 있었거든. 얼른 제자리에 가져다 놓으려고 후다닥 밥 먹고 나왔는데 너를 보는 순간 참지 못한 거지. 비밀로 해 줄까?"

"응, 죽을 때까지. 나도 네가 혁주 캐리어 뒤진 거 죽을 때까지 비밀로 할게."

"이런 약속을 하는 게 좀 찜찜하다. 내가 혁주 캐리어를 뒤진 거는……."

"알아. 혁주를 찾으려고 그런 거. 다른 애들은 믿지 않을지 모르지만 나는 믿어. 나도 경험이 있어서 그런 마음 알거든. 죽을 때까지, 아니 죽고 나서도 네 말을 믿어 줄게."

승현이가 피식 웃으며 새끼손가락을 내밀었다. 손가락을 걸고 시원하게 사인에 복사까지 했다.

승현이가 가고 나서 계단에 앉았다. 선물 포장지를 뜯으려는데 밑에 뭔가 만져졌다. 몇 번이나 접은 쪽지였다. 선물 상자를 포장할 때 쓴 셀로판테이프에 쪽지가 붙어 있었다. 쪽지를 펼치자,

—오은우

라고 쓰여 있었다. 순식간에 머릿속이 혼란스러웠다. 수십 개의 생각들이 머리를 내밀었다.

"침착 침착."

나는 심호흡을 하고 난 다음 생각들을 정리했다. 선물 상자에 쪽지가 붙어 있는 걸 보면 이 쪽지는 혁주 캐리어에서 나왔다는 말이다. 그럼 은우 이름이 적힌 쪽지를 혁주가 뽑았다는 거다. 그럼 뭐지? 어젯밤에 은우를 찾으러 갈 때 죽으라고 쫓아다닌 이유가 바로 이거? 겨우 정리한 생각들이 다시 들고 일어났다.

"아니야, 아니야."

나는 다시 한번 심호흡을 한 다음 차분히 생각했다. 내가 은우를 찾으려고 호텔에서 나올 때 혁주가 따라왔었다. 그때는 내가 은우를 찾으러 가는 건지 혁주는 몰랐을 거다. 그냥 나를 따라왔던 거다.

"그래, 시은이 말대로 이건 그냥 관광 콘텐츠고 실현 불가능한 놀이였어. 남자애들은 이 섬에 도착하고 나서 몇 시간 뒤에 바로 이 놀이 포기했잖아."

나는 고개를 끄덕였다.

선물 포장지를 뜯어내자 그 안에 연분홍빛 한지 포장지로 다시 포장이 되어 있었다. 한지 포장지 위에 한지 포장지보다는 조금 더 짙은 분홍색 쪽지가 붙여져 있었다. 쪽지를 떼어 펼쳤다.

—보라야

내 이름은 보라색으로 쓰여 있었다. 혁주! 되게 세심하구나! 이런 생각이 들었다.

—도와주어서 고맙다. 네 마음 잊지 않을게.

"뭔 마음씩이나."

이런 표현 어쩐지 어색했다.

나는 혁주가 쓴 편지를 아껴 가며 한 줄 한 줄 천천히 읽었다.

—그리고 하나 더 너한테 꼭 부탁할 게 있어. 아무리 생각해도 너 아니면 안 될 거 같아서.

얼굴이 화끈 달아올랐다.

—실은 내가 은우한테 관심이 있는데 말을 못 하겠어. 네가 좀 도와줄 수 있을까?

나는 한참 동안 멍하니 앉아 있었다. 그 뒤에도 구구절절 쓴 글이 많았지만 읽지 않았다.

아, 쪽! 팔! 려!

혁주 진짜 이상한 애다. 좋아하는 아이가 있으면 당당히 나서서 자기가 해결을 해야지 그걸 왜 남한테 부탁하고 난리람. 이게 학교 폭력하고 같은 건 줄 아나? 가해자로 몰린 거를 빼내는 일과 같은 건 줄 아는 건가? 애가 모자란 것도 아니고 이게 뭐야, 이게! 나는 선물이 뭔지는 확인하지 않은 채 주머니에 넣었다.

정신이 번쩍 들었다. 열이 나고 어지럽고 속이 메스꺼운 증상이 한순간 다 날아갔다. 큰일이다. 혁주 얼굴을 어떻게 본담.

'나, 좋아하지 마.'

새벽에 혁주에게 했던 말을 떠올렸다. 그 말을 들을 때 놀라던 혁주 얼굴도 생각났다.

"아, 진짜, 쪽팔려서 어떡해."

나는 한참을 계단에 앉아 있다가 누군가 어깨를 치는 바람에 깜짝 놀라 정신이 들었다. 담임이었다. 일어났으면 가서 아침을 조금이라도 먹어 보라고 했다. 특별히 죽을 부탁해 놨다고 말이다.

천근만근 무거운 발을 이끌고 식당으로 가는데 입구에서 은우를 만났다.

"그렇지 않아도 너 데리러 방에 가는 길인데."

"잠깐 할 말 있어."

속전속결이 좋은 거다.

"혁주라서 좋아. 혁주 괜찮은 아이야. 두호랑 있었던 일도 우리가 오해한 거였어. 혁주는 배신자가 아니더라고."

나는 어제 혁주에게 들었던 말을 은우에게 해 주었다. 은우 얼굴이 환해졌다.

"그리고 하나 더."

나는 혁주에게 받은 쪽지를 은우에게 건넸다. 쪽지를 읽으며 은우 얼굴이 빨개졌다.

"죽 먹으러 가자."

나는 씩씩한 척 식당으로 들어갔다. 씩씩한 척하지 않으면 혁주에게 쪽팔려서 살 수가 없을 거 같았다.

'그런데 이 섬 진짜 용하다. 사랑도라는 말이 그저 생긴 거 같지는 않아.'

죽을 먹으며 생각하니 그랬다. 사랑도에 오지 않았더라면 나와 은우와 혁주의 결말은 어떻게 났을지 모른다. 아마 이런 결론을 내기는 힘들었을 거다. 나는 영원히 혁주를 배신자로 알았을 거고 혁주가 준 선물 포장지를 뜯는 일도 없었을 거다.

'그런데 참 이상하네. 왜 떨렸지?'

혁주가 나를 좋아한다고 착각했을 때 무덤덤하면서도 한편으로 이제껏 느껴 보지 못한 떨림을 느꼈었다. 편지를 아껴 읽으며 떨기도 했다.

'뭐야, 연보라.'

나는 내 머리를 쥐어박았다.

어쩌면 나도 누군가를 좋아하게 될 거라는 느낌이 왔다. 그날이 오면 나도 사랑도에 다시 한번 와야겠다.

나는 어제 은우가 했던 말을 곱씹어 봤다. 내가 만든 생각에 나 스스로를 중독시킨다는 말 말이다. 생각해 보니 그것은 니코틴보다, 카페인보다 그리고 알코올보다 더 강한 중독일 수도 있을 거 같았다. 니코틴이나 카페인이나 알코올에 중독된 사람들은 자신이 옳다고 주장하지는 않는다. 그래서 중독에서 벗어나려고 노력을 한다. 번번이 실패해도 다시 도전한다. 하지만 생각의 중독은 다르다. 내가 무조건 옳은 거라고 생각한다. 중독이라는 걸 모르기 때문에 벗어나려는 노력도 하지 않는다. 나는 그걸 알려 준 은우가 고마웠다.

"아이고. 드디어 집에 간다. 2박 3일이 아주 20박 30일 같았네."

"허 선생님. 버스가 학교 운동장에 딱 도착하는 그 순간까지 2박 3일은 끝난 게 아닙니다. 수학여행은 아직 끝난 게 아니라고요."

담임과 교장 선생님이 식당에서 나가고 있었다.

발칙한 수학여행

초판 1쇄 발행 2020년 03월 20일
초판 3쇄 발행 2022년 05월 13일

지은이 박현숙

편집장 천미진 | **편집** 임수현, 최지우, 김현희 | **디자인** 한지혜
마케팅 한소정 | **경영지원** 한지영

펴낸이 한혁수 | **펴낸곳** 도서출판 다림 | **등록** 1997. 8. 1. 제1-2209호
주소 07228 서울시 영등포구 영신로 220 KnK 디지털타워 1102호
전화 02-538-2913 | **팩스** 070-4275-1693 | **전자 우편** darimbooks@hanmail.net
블로그 blog.naver.com/darimbook | **다림 카페** cafe.naver.com/darimbooks

ISBN 978-89-6177-227-3 (43810)

이 도서의 국립중앙도서관 출판예정도서목록(CIP)은 서지정보유통지원시스템 홈페이지(http://seoji.nl.go.kr)와 국가자료공동목록시스템(http://www.nl.go.kr/kolisnet)에서 이용하실 수 있습니다.(CIP제어번호: CIP2020007452)

책값은 뒤표지에 있습니다.